✶ 5555.

L'abbé Jean-Louis Aubert

LA MORT
D'ABEL,

DRAME EN TROIS ACTES,
EN VERS,

Imité du Poëme de M. GESSNER ;

Et suivi du VŒU DE JEPHTÉ, *Poëme.*

Par M. l'Abbé AUBERT.

Prix 30 *fols.*

A PARIS,

Chez DUCHESNE, Libraire, rue S. Jacques,
au-deffous de la Fontaine Saint Benoît,
au Temple du Goût.

M. DCC. LXV.
Avec Approbation & Privilége du Roi.

PRÉFACE.

JE puis répéter ici, en changeant feulement les noms des deux genres de Poëfie, ce que M. *Geffner* dit au commencement de fa Préface : « (ᵃ) Rifquer un *Drame* après n'avoir donné que »des *Fables*, c'eft une entreprife bien hazardeufe. »J'ai cru pourtant que l'un n'excluoit pas né- »ceffairement l'autre ; & qu'après avoir chanté »fur un ton fimple, il étoit au moins permis »d'effayer fi l'on ne pourroit pas s'élever à un »ton plus fublime ».

LE Poëme de *la Mort d'Abel* eft fi généralement eftimé, la Traduction que M. *Huber* en a donnée en 1760, a eu un fi grand fuccès, que je n'ai pu réfifter au defir de le mettre en action, & d'en rendre l'acquifition en quelque forte plus particuliere à la Littérature Françoife, par le moyen de la Poëfie. J'en ai d'abord fait une Piéce en cinq actes. Les réflexions de plufieurs perfonnes de goût que j'ai confultées, me l'ont enfuite fait réduire en trois. C'eft dans cet état que j'ofe préfenter aujourd'hui cet ouvrage au Public.

SI dans les avis que j'ai recueillis fur ce Drame,

» (ᵃ) Rifquer un *Poëme* après » n'avoir donné que des *Pafto-* »*rales*, &c ». *Poëme de* LA | MORT D'ABEL. *Préface de l'Auteur.*

il ne s'en étoit pas trouvé un grand nombre *,* où , en mettant à part les défauts de l'exécution , j'ai apperçu de la répugnance pour le fond même du fujet ; je croirois accufer ce Siécle de trop d'irréligion , en le foupçonnant capable de rejetter cette Piéce , par la feule raifon que le fujet en eft tiré des Livres Saints. Pourquoi, malgré cette expérience , qui peut ne pas s'é-tendre à tout le Public, ne me perfuaderois-je pas plutôt , fi mon ouvrage n'eft pas goûté , qu'il y manque beaucoup de chofes, qui dans d'autres mains l'auroient rendu digne d'un applaudiffe-ment général ? Le fuccès du Poëme n'eft-il pas une preuve que les faits confacrés par l'Ecriture , peuvent encore réuffir , quand ils font bien traités ?

METTONS moins de rigueur dans nos jugemens fur le Public. Il eft encore des ames vertueufes pour qui les grands principes de la Religion , préfentés avec la dignité qui leur convient, font infiniment préférables , dans l'ordre même des plaifirs purement littéraires , à toutes les extra-vagances de la Mythologie. Eh ! où en ferions-nous , fi la Poëfie dégradée, avilie, ne pouvoit plus être rappellée à fa premiere origine, fans exciter le plus grand mépris ! Que le François foit frivole , bouffon même ; peu importe : au moins êft-il amufant aux yeux de l'Etranger. Mais s'il devenoit jamais impie , il cefferoit d'être plaifant. Ecoutons le Poëte Allemand : « Il y a , » dit-il , dans le monde une claffe d'hommes » aimables & galans, à qui ne fçauroient plaire » des perfonnages qui parlent d'un ton grave &

»religieux, qui ne fongent jamais à faire étalage
»d'efprit. Mieux ces perfonnages feront caracté-
»rifés fuivant leurs ufages, leurs fentimens &
»leurs idées ; moins ils auront d'attrait pour
»tout ce qu'on appelle beau monde ». M. *Geffner*,
qui femble avoir voulu nous peindre dans ce
paffage, ajoute, que, pour avoir le fuffrage de
ces hommes du Siécle fi galans & fi polis, il a
réfolu de traiter le fujet de *la Mort d'Abel*, d'une
maniere qui leur convienne mieux : « Abel fera
»un jeune Seigneur bien maniéré, bien douce-
»reux. Caïn fera un Capitaine Cofaque ou Hon-
»grois, à leur choix ; & Adam ne dira rien
»que ne puiffe dire en bonne compagnie un
»François d'un âge fait, qui connoît le monde ».
Cette plaifanterie eft bonne, parce qu'il n'eft
queftion ici que de la maniere de faire agir &
parler les perfonnages d'un Poëme férieux : mais
M. *Geffner* eût pris un autre ton, s'il eût eu à
craindre de voir tourner en ridicule l'événement
même fur lequel ce Poëme eft fondé ; événement,
qui, ainfi que l'obferve fon Traducteur, eft *le
plus remarquable de l'Hiftoire Sainte, après la chûte
de nos premiers Parens, dont il eft la fuite & l'effet.*

Celui de *la Mort d'Adam*, mis en Tragédie par
M. *Klopftock*, quoique très-intéreffant, ne me
paroît pas auffi propre à former une action dramatique, qui entraîne par dégrés le Spectateur
aux derniers termes de la Terreur & de la Pitié.
Cependant quels éloges la Tragédie Allemande,
dont la Traduction a paru en 1762 (ᵃ), n'a-

(ᵃ) Chez *Prault* petit-fils, & *Defain junior*, quai des
Auguftins, à Paris.

t-elle pas reçus , quant au choix du fujet , de
la part des meilleurs Juges en ces fortes de ma-.
tieres. Je trouve dans les Réflexions préliminaires
qui l'accompagnent , quantité de traits qui ont
avec le mien une analogie frappante. Qu'il me
foit permis d'en citer quelques-uns : ils pourront
juftifier mon entreprife aux yeux des Lecteurs
les plus prévenus.

« LA mort du Pere de tous les hommes , l'exé-
»cution de l'arrêt terrible porté contre lui &
»contre toute fa poftérité : quel fujet ! Le Théâtre
»ancien & moderne en a-t-il jamais offert un
»qui réunit à tant de fimplicité , tant d'impor-
»tance , de grandeur & d'intérêt ? Car enfin ,
»il ne s'agit pas ici du fort d'un particulier ,
»d'une famille , d'une nation même ; il s'agit
»de la deftinée du genre humain. La cataftro-
»phe eft tout à la fois terrible & touchante :
»c'eft un homme coupable , frappé de mort ;
»mais le premier de tous les hommes , deftiné
»à l'immortalité par la main toute-puiffante qui
»l'avoit formé. C'eft un Pere malheureux qui
»entraîne dans le tombeau toute fa race avec
»lui , & qui eft moins touché de fa propre in-
»fortune que du malheur de fa poftérité ; un
»Pere , qui par fes larmes , par fon repentir &
»fes remords auroit mérité le pardon de fa foi-
»bleffe , fi ce pardon fût entré dans les deffeins
»irrévocables de l'Etre Suprême ». Ne peut-on
pas , à quelques différences près , envifager la
mort d'Abel fous un point de vue pareil ? Con-
tinuons : « Il n'y a dans la Piéce de M. *Klopftock*,
»ni méprifes , ni échange , ni incidens roma-

» nefques, ni événemens imprévus, ni coups
» de Théâtre, ni nœuds embrouillés, ni dé-
» nouement extraordinaire, ni cataftrophe pré-
» cipitée, ni defcriptions pompeufes, ni fenten-
» ces philofophiques, ni tous ces échaffaudages
» des Tragédies récentes ». Cependant rien de
fi touchant que cette Piéce fi fimple. « Tel eft
» l'empire du fentiment, de la nature & de la
» vérité ». *Pendant que l'abus de la Philofophie,
l'efprit & l'affeEtation, dit M. l'Abbé Arnaud (ª),
corrompent la Poëfie parmi nous, elle refpire la fimplicité, la nobleffe, le naturel & la vérité parmi
les Allemands. Nous ne peignons que nos idées & nos
caprices ; ils peignent la nature. Nous ne nous oc-
cupons qu'à nous faire voir, qu'à nous faire fentir ;
ils s'oublient entiérement pour ne montrer que la chofe
qu'ils imitent. Nous courons après la fentence ; ils
mettent tout en fentiment.*

En voilà affez, je crois, pour faire approuver
le choix d'un fujet, que fa fimplicité même rendoit recommandable à mes yeux, dans un tems où
toutes les idées à cet égard femblent être ren-
verfées (ᵇ), où, plus on charge une action quel-
conque d'incidens bizarres, qui fe croifent, fe
heurtent, fe confondent, plus on penfe mériter

(ª) *Journal Etranger de Mars* 1761.

(ᵇ) Elles ne le font gueres moins à l'égard du ftyle, & je ne croirai pas trop dire, en avançant qu'aujourd'hui la Tragédie peut être impuné-ment épique, lyrique, comi-que même ; que c'eft fouvent lorfqu'elle s'écarte le plus du genre de couleur qui lui eft propre, qu'elle eft le plus applaudie ; qu'elle femble fur-tout avoir adopté depuis quel-que tems celui de l'Epopée ; qu'enfin le Public, dont on a habitué l'oreille au ton étran-ger qu'elle a pris, fouffre diffi-cilement qu'on lui préfente un Drame dont le ftyle n'eft

les applaudiſſemens du Public ; comme ſi c'étoit un moyen bien ſûr de lui plaire, que de lui faire une fatigue de ſes plaiſirs ; comme ſi le ſentiment étoit tellement aſſoupi dans les cœurs, qu'il fallût leur donner à chaque inſtant des ſe-couſſes violentes & imprévues, pour l'y réveiller.

C'EST encore un point dont je ne conviendrai

qu'une *imitation du langage ordinaire* Cependant, ſi l'on admet le précepte d'*Ariſtote*, rapporté par M. l'Abbé *Batteux* dans ſon excellent ouvrage des *Beaux Arts réduits à un même principe*, pag. 249, tout le charme de la Poëſie dramatique ſe réduit à cette imitation : *elle n'a, pour ſe diſtinguer de la Proſe, que la métaphore, & ce qui eſt compris ſous le nom d'ornement* ; c'eſt-a-dire, comme l'explique dans une note (pag. 242) le judicieux Ecrivain que je cite, *le nombre, l'harmonie, les liaiſons fines, LES CHUTES VARIÉES, ADOUCIES, en gé-néral tout ce qui rend le ſtyle agréable & poli.* La couleur *du genre dramatique*, dit-il ailleurs (pag. 246,) *eſt celle d'une action qui ſe fait, ou par des Rois*, voilà pour la Tragédie, *ou par des hommes du peuple*, voilà pour la Comédie. Mais, ſi dans une Piéce tragique, ce ne ſont pas des Rois que l'on fait agir, ſi ce ſont des hommes ſimples, bornés & même un peu

groſſiers, en un mot les pre-miers hommes ; quelle cou-leur faudra-t-il adopter pour leur langage ? Toujours celle du langage ordinaire, mais en prodiguant moins les orne-mens dont il vient d'être parlé.

Tel eſt le principe auquel je me ſuis attaché. Si l'on con-ſidere dans tout autre point de vue ma verſification, elle pour-ra paroître négligée : mais je déclare ici que je n'ai rien eu tant à cœur que d'éviter le reproche fait à nos Poëtes d'aujourd'hui, pag. 252 de l'ouvrage en queſtion : « Ils » paſſent la plûpart, dit l'Au-» teur, ſans façon & ſans ap-» prêt, dans la même Piéce, » dans la même ſcéne, dans » le même couplet, ſuivant » la chaleur qu'ils éprouvent » dans l'inſtant, du dramati-» que au lyrique ou à l'épi-» que, du tragique au comi-» que, du comique au tragi-» que, & qui pis eſt, du ſen-» timent & des paſſions à l'in-» génieux & au métaphyſi-» que ».

pas entiérement avec les Détracteurs du Siécle, que cette forte d'anéantiſſement des facultés de l'ame, dans lequel on prétend que l'extrême libertinage eſt venu aujourd'hui à bout de plonger grands & petits, hommes & femmes, jeunes & vieux. Si quelqu'un a des raiſons légitimes de croire cette condamnation outrée, c'eſt, ſans doute, celui qui a eu le bonheur dans ce Siécle, que l'on juge ſi dépravé, de voir accueillir généralement de légeres fictions où le ſentiment n'eſt qu'effleuré, & dont cependant l'effet a été tel qu'il ſe l'étoit promis, puiſque c'eſt ſur-tout par cet endroit qu'elles ont ſçu plaire.

Je m'eſſaye aujourd'hui dans un genre, où avec plus d'appareil, je réuſſirai peut-être moins à émouvoir l'ame de mes Lecteurs. Je ne m'en prendrai point à une prétendue corruption générale; je n'en accuſerai qu'une témérité aveugle qui m'aura fait hazarder un ouvrage apparemment au-deſſus de mes forces : & trouvant même un motif de conſolation dans la difficulté que j'aurai eue à peindre l'homme méchant, je retournerai à mes premiers Acteurs, d'autant plus volontiers que, ſous quelques couleurs que je les repréſente, je n'aurai point de procès à eſſuyer à leur Tribunal.

Je pourrois terminer cette Préface, ſans rendre compte au Public de la maniere dont je m'y ſuis pris, pour mettre en action le Poëme de M. *Geſſner.* Cet ouvrage eſt ſi connu, qu'il n'y a gueres de Lecteurs qui ne puiſſent d'eux-mêmes faire la comparaiſon de mon travail avec celui de l'Auteur Allemand. Cependant, afin de n'avoir rien à me reprocher à l'égard de ceux qui exigent que tout Ecrivain les prévienne sur l'enfemble & sur les parties de l'ouvrage qu'il leur préfente, voici en peu de mots le plan de ma Piéce : il fera voir d'un coup d'œil en quoi j'ai suivi le Poëme, en quoi je m'en suis écarté.

Acte I. Maladie d'Adam. Ses craintes sur la mort. Il en fait part à fa famille affemblée. Abel propofe d'offrir en commun des vœux au Ciel pour détourner le coup fatal. Caïn, refté feul avec Méhala, développe en partie fon jaloux caractere. Il promet cependant de s'adoucir, fi Dieu accorde à fa priere la guérifon d'Adam.

Acte II. Le Ciel s'eft déclaré pour Abel. Un Ange lui a indiqué des fimples, dont il a fait un breuvage qui a rendu la vie à fon Pere. Défefpoir de Caïn. Il va cacher fa honte au fond d'un antre. Abel, profitant de la faveur du Ciel, court le prier de fléchir fon Frere. Eve arrache celui-ci de fon antre & l'amene devant Adam. Caïn éclate en reproches & en menaces contre Dieu, contre Abel, contre fon Pere même. Il prend la réfolution de fuir. Abel, dont les vœux pour lui ont été vains, fait les plus tendres efforts pour le calmer. Caïn feint d'être adouci, confent d'offrir à Dieu, avec toute fa famille, un facrifice en action de graces de la guérifon d'Adam, promet de refter, fi ce facrifice eft bien reçu, mais n'a effectivement d'autre deffein que de dérober plus aifément fa fuite aux yeux des fes Parens.

Acte III. Caïn fuit. Adam le furprend au moment de fon départ, & le maudit lui & fes Enfans. Méhala, qui ne l'a point perdu de vue, arrive foudain avec fes Enfans qu'elle jette aux pieds d'Adam, partage fa douleur entre fon Pere & fon Epoux, fait tant par fes larmes, jointes à celles de fon Pere, que Caïn attendri, fe détermine à refter & à offrir le facrifice qu'on exige de lui. Il ne les a pas quittés que fa ja- loufie renaît. Il refufe de facrifier avec Abel. Il offre feul des fruits. Son facrifice eft rejetté. Défefpoir d'Eve & de Méhala. Fureurs de Caïn. Il les chaffe l'une & l'autre de devant lui. Refté feul, il voit dans l'éloignement la flamme du facrifice d'Abel monter jufqu'au Ciel. La rage s'empare de fon cœur. Son efprit s'égare. Abel arrive. Caïn, qui ne fe poffede plus, fe pré- cipite fur lui & lui porte un coup mortel. Abel mourant prie Dieu pour fon Frere. Remords de Caïn. Abel meurt. Toute la famille arrive, voit le crime, fe défole, reçoit en fanglotant les adieux du coupable. Caïn & Méhala fuient dé- fefpérés.

On voit par ces détails, que la difpofition des parties de mon Drame n'eft pas ce qui m'a le plus coûté. J'ai cependant eu une peine in- croyable à partager & à lier les Scênes, parce qu'étant borné à fix Perfonnages, que l'union du fang, la néceffité, l'inexpérience, tiennent en quelque forte enchaînés les uns près des au- tres, il n'étoit gueres poffible de les faire agir féparément, fans choquer la vraifemblance; de

les réunir tous , fans rifquer de faire des Scênes
longues & froides , fans précipiter le dénouement;
de diftribuer avec œconomie leurs entrées &
leurs forties , fans paroître manquer de motifs
fuffifans pour les éloigner & les rapprocher ,
fans laiffer du vuide dans les Scènes.

Mais ces difficultés pour l'action , quelque
grandes qu'elles fuffent réellement , ne peuvent
entrer en comparaifon avec celles qu'il m'a fallu
vaincre pour prêter à ces Perfonnages un langage conforme à leur fituation. C'eft fur-tout
à cet égard que je crois mériter quelque faveur
de la part du Public. Qu'on me dife quel modele j'avois à fuivre dans notre langue pour
l'élocution poëtique de ce Drame ; & alors je
confens d'être jugé auffi féverement que l'on
voudra. Mais s'il eft vrai qu'il n'y en ait point ;
fi l'on confidere que je n'ai pû même imiter
le ftyle du Poëme , qui en cette partie , tient plus
de l'Idylle (ª) que du Drame, & qui a d'ailleurs
été compofé par M. *Geffner*, en Profe mefurée (ᵇ),
genre particulier, dont la Langue Allemande eft plus
fufceptible qu'une autre , genre mitoyen entre les vers
& la Profe commune, genre qui a prefque toute l'ai-
fance de celle-ci, mais qui n'a qu'une partie des
agrémens de ceux-là ; on conviendra qu'il m'a
fallu en quelque forte adopter une verfification
nouvelle , laquelle , fans s'écarter de cette fimplicité qui caractérife le langage des premiers

(ª) Les endroits où M. | *fentée dans fon beau*. Préface
Geffner excelle , *font les ima-* | du Traducteur.
ges riantes de la nature pré- | (ᵇ) *Ibidem.*

hommes, eût cependant toute la nobleſſe & toute l'énergie du ſtyle tragique. Dialogue , compa-raiſons , maximes , tout devenoit neuf dans une Piéce , où rien de ce qui forme le coloris des Tragédies ordinaires ne pouvoit être mis en uſage, tel que les métaphores priſes de la Fable , des Sciences ou des Arts , les expreſſions ſans nom-bre que les beſoins ont fait trouver , à meſure qu'ils ſe font multipliés , ou dont on doit l'in-vention à l'établiſſement des ſociétés , aux chan-gemens arrivés dans les mœurs , aux progrès de l'eſprit humain.

UN ſeul exemple , par lequel je vais finir, fera voir à quels moyens j'ai été obligé d'avoir re-cours , pour employer des couleurs plus mâles, plus foncées que celles qui font le ton général du tableau de M. *Geſſner.* Une des plus agréa-bles images qui ſoient dans ſon Poëme, c'eſt, ſans doute , celle-ci : (ª) « Eve vit preſque au-»deſſus de ſa tête un oiſeau foible , dont le »plumage ſembloit hériſſé, voler avec peine en »pouſſant des cris plaintifs , tournoyer quelques »inſtans dans l'air , & s'abbatre enſuite ſans force »parmi des broſſailles. Elle approcha , & en vit »un autre étendu ſans mouvement ſur l'herbe, »que celui-ci ſembloit pleurer. Eve l'examina »long-tems , courbée ſur lui ; puis le prenant, »mais en vain , pour le tirer de ce qu'elle croyoit »un ſommeil : Il ne ſe réveille pas , dit-elle avec »effroi , & elle le repoſa ſur l'herbe d'une main »tremblante , il ne ſe réveillera même jamais.

(ª) *Page* 68.

»A ces mots elle fondit en larmes. Hélas! conti-
»nua-t-elle, en apoftrophant celui qui pouffoit
»des cris lamentables, c'étoit peut-être là ta
»compagne. C'eft moi, malheureufe, qui ai
»attiré la malédiction & la mifere fur chaque créa-
»ture; c'eft moi qui te fais fouffrir, innocente
»volatille! Ses pleurs redoublerent, & fe tournant
»vers moi (c'eft Adam qui parle): Quel acci-
»dent eft-ce là, me dit-elle? Quel engourdiffe-
»ment affreux! Je ne lui vois plus de fentiment,
»fes membres roides refufent leur fervice. Parle,
»Adam, ne feroit-ce point la mort? Ah, ce
»l'eft, j'en frémis; un friffon glacé me pénétre
»jufqu'aux os! Ah, fi la mort dont nous fom-
»mes menacés eft de même, ô qu'elle eft terri-
»ble!» J'aurois bien defiré de pouvoir faire
entrer dans ma Piéce cette image touchante.
Mais n'étoit-elle pas trop naïve, trop cham-
pêtre, pour y être employée heureufement? De
quelque maniere que je l'euffe rendue, ne fe
feroit-on pas plaint qu'elle coupoit trop avec
le coloris fombre que j'ai effayé de répandre fur
toutes les parties de ce Drame? J'y ai fubftitué
une defcription d'un autre genre, qui, en même-
tems qu'elle ajoute à la peinture du caractere
de Caïn, m'a femblé plus propre à retracer vivement l'idée effrayante que durent avoir de
la mort les premiers hommes, quand le premier
exemple leur en fut offert. Que cette mort foit
violente, que ce foit par la main de Caïn qu'elle
arrive, que l'animal qui périt foit une Geniffe &
non un foible oifeau; toutes ces circonftances
m'ont paru devoir exciter davantage la terreur
dans une Piéce tragique. Mais cette adreffe, fi

réellement c'en eſt une, ne m'a pas peu coûté (ª). Voici ce morceau, tel que je le mets dans la bouche d'Adam, Scêne VI du II Acte.

(ᵇ) Hélas ! je me ſouviens que ce malheureux fils,
Raillant un jour Abel, dont les ſens interdits
Conſommoient en tremblant un premier ſacrifice,
Egorgea ſans pâlir une tendre Geniſſe.
Je crois le voir encor : D'un bois dur & tranchant
Caïn perce à nos yeux l'animal innocent.

(ª) On trouve bien dans le Poëme le récit d'un pareil ſacrifice. Mais c'eſt Adam qui le conſomme ; & la maniere dont il eſt rendu, ſe reſſent toujours du caractere de l'Auteur, de ſa façon de raconter, plus affectueuſe qu'énergique, plus touchante que terrible. « Je ſortis, dit Adam, & j'é- » gorgeai le plus beau des » agneaux, la premiere créa- » ture vivante que j'aie miſe » à mort. O mes enfans, qu'il » m'en coûta pour le faire ! » Un frémiſſement me ſaiſit, » les mains me tomberent ſans » force, & je n'aurois ja- » mais pû m'y réſoudre, ſi » l'ordre exprès du Seigneur » n'eût ſoutenu mon courage. » Je ſouffre encore par l'idée » ſeule de l'innocent animal, » cherchant à s'échapper, ſe » débattant ſous le *couteau*, » luttant pour ſa vie, & an- » nonçant les derniers inſtans » de ſon exiſtence, par des » mouvemens qui me glace- » rent d'horreur, juſqu'à ce » qu'enfin il reſta immobile » & ſans vie ». *Pages* 106 &, 107.

(ᵇ) Ce récit d'Adam, quel- que différent qu'il ſoit de celui que lui fait faire M. *Geſſner*, & qui termine la note précédente, n'eſt pas le ſeul morceau de ma Piéce, dont il ſoit aiſé de trouver des traces dans le Poëme. J'avoue que j'ai pro- fité de tous les ſecours que m'a pû fournir ce bel ouvrage ; & je ſuis tellement éloigné de m'approprier aucuns des traits qui y ſont épars, que j'ai re- cueilli & diſtribué au bas des pages de mon Drame juſqu'aux moindres détails dont on peut ſoupçonner que j'ai tiré parti. Il y en a même quelques-uns qui n'ont pas aſſez de rapport aux endroits auxquels je les applique, pour autoriſer ce ſoupçon : mais j'ai cru qu'à cet égard je ne pouvois porter la délicateſſe trop loin.

Le fang coule ; & fon bras , que cet afpect anime ,
A nos pieds auffi-tôt terraffe la victime ,
A coups précipités lui déchire le flanc ,
Y replonge vingt fois le poignard teint de fang ,
Va chercher dans fon cœur les fources de la vie ,
Et , femblant triompher de cette barbarie ,
Par un fourire amer accufe la terreur
Qu'infpiroit à nos fens ce fpectacle d'horreur.

PROLOGUE.

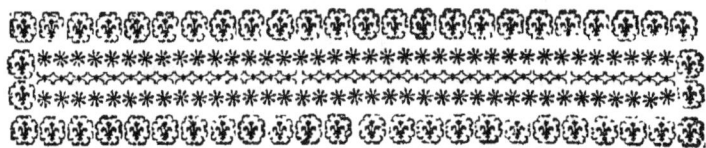

PROLOGUE.

J'ai fait parler les animaux :
Dans mes foibles récits leur langage a ſçu plaire.
Fier de l'heureux ſuccès de ces légers travaux
Je peins l'homme aujourd'hui, l'homme tel qu'à la terre
Dieu le montra d'abord, féroce, ſanguinaire,
  Ne pouvant ſouffrir de rivaux,
  Capable par ſes mœurs ſauvages,
  De m'inſpirer quelque regret
D'avoir abandonné mes premiers perſonnages,
 Pour crayonner ſon odieux portrait.
  Que de changemens la nature
A depuis éprouvés ! Que maint Sage en murmure :
Je veux bien être au rang de ces fous prétendus,
  Qui penſent que l'humaine eſpece,
En ſe civiliſant a gagné des vertus.
  Je vois la ſuprême Sageſſe
Donnant à l'Univers des Maîtres & des Loix.
Dans cet ordre ſi beau j'admire ſon ouvrage,
Et ne ſuis pas tenté d'aller au fond des bois
  Déplorer un doux eſclavage,
  Que j'eſtime mieux mille fois

      A

Que de la liberté le dangereux usage.

        Mais le joug qui pése le plus,

Celui contre lequel, par un honteux abus,

Ce Siécle ingrat s'irrite & combat davantage,

C'est la Religion, le soutien des Etats.

Inutiles efforts ! Sous un Monarque sage,

Le sophisme & l'erreur ne l'ébranleront pas.

Après avoir sçu rendre, à l'aide de la feinte,

   A la Morale un hommage éclatant ;

        Plus hardi, plus vrai maintenant,

        A cette Religion sainte

        J'ose ériger un monument :

Heureux si, de Gessner imitant le génie,

Je puis en rallumer l'amour dans tous les cœurs !

Heureux si pour sa gloire & pour celle des mœurs

Je fais avec succès servir la Poësie !

LA MORT

D'ABEL,

DRAME.

PERSONNAGES.

ADAM.

EVE.

CAIN.

MÉHALA, *femme de Caïn.*

ABEL.

THIRZA, *femme d'Abel.*

DEUX ENFANS *de Caïn.*

La Scêne est dans une Campagne, où l'on voit plusieurs Cabanes à quelque distance les unes des autres.

LA MORT D'ABEL,

DRAME.

❋❋❋❋❋❋❋❋❋❋❋❋❋❋❋❋❋❋❋❋❋❋❋❋❋❋❋❋❋

ACTE PREMIER.

SCENE PREMIERE.

ADAM *feul,*

Les bras appuyés fur un autel, où il y a un refte de feu allumé.

Que ton courroux eft lent, ô Pere des humains !
Je fens que cette argile, ouvrage de tes mains,
Se brife, fe diffout, va retomber en poudre.
Dieu vengeur, hâte-toi ! Lance fur moi ta foudre ;
Et qu'en un feul inftant mes membres confumés,
Par un fouffle orageux fur la terre femés,

Ne laiſſent après moi qu'une inviſible trace
Du criminel Auteur d'une coupable race.....
Innocente ſans lui, mais qu'un fatal décret
Charge éternellement du poids de ſon forfait.

(Il s'avance ſur la Scêne).

Un feu ſéditieux, allumé dans mes veines,
Vient m'offrir de la mort mille ombres incertaines :
La mort.... Quel eſt ce mal que je ne comprends pas ?
Hélas ! Dieu tout-puiſſant, quand j'implore ton bras,
Quand j'aſpire à rentrer au ſein de la pouſſiere,
Je ne ſçais ſi j'irrite ou calme ta colere ;
Je ne ſçais, quel qu'il ſoit, ſi le terme où je cours,
De mes maux pour jamais doit arrêter le cours.
Je deſire & je crains de quitter cette vie,
Où, ſur moi chaque jour ta main appeſantie,
Des débiles ſoutiens de mon fragile corps
Ruine par degrés les pénibles reſſorts.

Eve, le cœur ému du feu qui me dévore,
Inquiete, égarée, a devancé l'aurore,
Et, troublant leur repos par ſes gémiſſemens,
De ſa terreur mortelle entretient mes Enfans :
Bientôt je reverrai ma famille éperdue
Accroître par ſes pleurs la douleur qui me tue.
Ne puis-je mourir ſeul !....(ᵃ) Sans doute le trépas
Du premier des mortels, du premier des ingrats,

(ᵃ) « Sans doute que la mort » pour ceux qui en ſeront les
» du premier qui l'éprouvera, » témoins ». *Poëme de* LA
» ſera quelque choſe d'affreux MORT D'ABEL, *page* 144.

Signalant du Très-haut la vengeance éclatante;
Remplira ce féjour d'horreur & d'épouvante..

(ᵃ) Eve, chere compagne, unie à mon deftin,
Enfans qu'elle a portés dans fon généreux fein,
Si je meurs avant vous, fi les maux que j'endure
Sont les derniers combats que foutient la nature;
Le germe de la mort, répandu dans mes fens,
Et tranfmis par ma chûte à tous mes Defcendans;
Du moins, livrant à Dieu fa premiere victime,
Commencera d'éclore à la fource du crime:
Du moins d'aucun des miens le trépas douloureux
N'aura hâté la fin de mes jours malheureux.

SCENE II.

ADAM, MÉHALA.

MÉHALA *éplorée.*

O MON PERE! Rendez le calme à ma tendreffe:
Eve a dans tous mes fens fait paffer fa triftefle;
Eve m'a fait frémir au récit de vos maux.

(ᵃ) « L'eft-ce, fe deman-doit-il à lui-même, cette heure pleine d'effroi? Je le crois: Ah, grand Dieu, qu'elle me paroît terrible!... Cependant quelqu'affreufe qu'elle me paroiffe, ce feroit une confolation bien douce pour moi, fi mon trifte fort pouvoit acquitter les miens; fi par ma mort, j'exemptois tous mes Defcendans d'un fort pareil à celui-ci ». *Ibid. p.* 146. Avant cela M. *Geffner* fait dire à Adam, *page* 142. « Il eft bien jufte que je fois le premier qui rende fa pouffiere à la terre ».

A D A M.

Ils m'annoncent, ma Fille, un éternel repos.

M É H A L A.

O Ciel! que dites-vous? Cet air fombre me glace.
Eh! quoi? de vous porter la terre déja laffe,
Entr'ouvriroit fes flancs.....O mon Pere, du moins,
Priez, priez le Ciel, qui veille à nos befoins,
Puifqu'il faut à la mort un premier facrifice,
Que ce foit Méhala que fon courroux choififfe.
Puis-je chérir la vie en l'état où je fuis?
Caïn à chaque inftant augmente mes ennuis;
Et mon fenfible cœur, que le cruel déchire,
A tant de maux bientôt ne pourra plus fuffire.

A D A M.

O douleur qui m'accable! A quels nouveaux tourmens
Le Ciel livre-t-il donc l'aîné de mes Enfans?

M É H A L A.

Un afcendant fatal, dont le pouvoir l'entraîne,
Allume dans fon cœur je ne fçais quelle haine,
Qui, verfant fes poifons jufques fur nos liens,
Corrompt de plus en plus & fes jours & les miens.
(ª) (Si ma bouche aujourd'hui révéle ce myftere,
Si je répands mes maux, c'eft dans le fein d'un Pere).

(ª) « C'eft près de vous que je dépofe les foucis inquiets que le mécontentement de Caïn accumule fur ma tête. La belle nature ne lui infpire que de la mélancolie ». (C'eft à *Thirza que ce difcours s'adreffe dans le Poëme, page* 268).

J'avois conçu l'efpoir de toucher cet Epoux :
Mais, plus je fais d'efforts, plus j'aigris fon courroux.
Aux traits de la pitié fon ame impénétrable,
Nourrit d'un vain orgueil le fentiment coupable.
Le cruel a pour moi mille fecrets cachés :
Ses farouches regards à la terre attachés,
Semblent avec regret tomber fur fa famille,
Semblent craindre les miens, quand la tendreffe y brille.
Il m'aime cependant : mais dans fon trifte cœur,
L'amour même, l'amour eft toujours en fureur.

A D A M.

Ma Fille, croyez-vous que Caïn inflexible,
Verra fans s'émouvoir le fpectacle terrible
D'un Pere environné des ombres de la mort ?

M É H A L A *vivement.*

Non, je ne le crois pas.... Mais quel eft donc mon fort !
Dieu ne peut-il, fenfible à ma douleur fincere,
Me rendre mon Epoux, fans m'arracher mon Pere ?
Depuis le jour fatal où j'ai reçu fa main,
Mes timides difcours n'ont pû fléchir Caïn :
Et ce Dieu, dont Adam nous vante la juftice,
Attend pour le toucher qu'Adam même périffe !
Ah ! s'il ne peut guérir fans ce remede affreux,
Vivez : je foutiendrai mon deftin rigoureux.
Vivez ; dût mon Epoux, augmentant mes allarmes,
Me forcer en fecret de dévorer mes larmes.

Je cherche d'où provient cette féroce humeur :
C'eſt un vice du ſang , non un crime du cœur.
Hélas ! toujours en proye à l'ennui qui le ronge ;
Il s'y livre le jour , & la nuit l'y replonge.
Ce matin même encor , tandis qu'à mes côtés ,
Le ſommeil enchaînoit ſes eſprits agités ;
Mes yeux , ouverts ſur lui pendant la nuit entiere ;
Ont aux premiers rayons que répand la lumiere ,
Apperçu cet Epoux qu'un ſonge tourmentoit :
Par de lugubres cris ſon courroux éclatoit ;
Les cheveux hériſſés , le teint ſombre & livide ,
On eût dit qu'il tramoit quelque complot perfide.
(ᵃ) Tel doit être un Lion dans ſon antre couché :
Par la fuite du jour au carnage arraché ,
Même au ſein du repos ſa fureur ſe déploye ;
Et juſqu'en ſon ſommeil il menace ſa proye.
Jugez de ma frayeur ! Je venois en ces lieux
Pleurer auprès de vous un Epoux furieux ;
Eve accourt & m'apprend qu'il faut pleurer un Pere.

A D A M.

Ma Fille , ſuſpendez votre douleur amere :
(ᵇ) Dieu peut-être nous veut l'un & l'autre éprouver.
Mais , quand à ſa juſtice il plairoit d'achever

(ᵃ) « Tel qu'un Lion redoutable , dormant au pied d'un
rocher , qui tout endormi
qu'il eſt , glace d'effroi par
ſa criniere hériſſée le Voya-
geur tremblant ». *Poëme de*
M. Geſſner , page 198.

(ᵇ) « Peut-être Dieu or-
donne-t-il que ces douleurs
ſervent à détacher les liens

Le coürs empoifonné d'une coupable vie ;
Ce Dieu, fans murmurer, veut qu'on lui facrifie
Le limon dont il a pétri ce corps mortel.
L'homme, atôme infenfible aux yeux de l'Eternel,
Trop fier d'une exiftence & trifte & paffagere,
Reffembleroit, ma Fille, à la vapeur légere
Que le foleil fait naître & diffipe à l'inftant,
Si Dieu, qui l'anima d'un fouffle bienfaifant,
Dieu, jaloux qu'il connût, qu'il révérât fon Maître ;
A ce limon groffier eût borné tout fon être.

SCENE III.

ADAM, EVE, CAIN, ABEL, MÉHALA, THIRZA.

ADAM.

APPROCHEZ, mes Enfans, & retenez vos pleurs.

EVE.

Cher Epoux !

ABEL.

O mon Pere !

THIRZA.

O mortelles douleurs !

» qui attachent mon ame à » mon corps. S'il doit retourner à la terre d'où il eft forti, » je m'y foumets ; j'attendrai » en l'adorant, l'heure fatale, » & je louerai le Seigneur de » la vie & de la mort, juf- » qu'à ce que ma pouffiere » difparoiffe ; alors l'ame dé- » livrée du corps, que la ma- » lédiction accable, en louera » plus dignement le Seigneur». *Ibidem, pages* 141 & 142.

A D A M *affis.*

Dieu , qui voulus qu'Adam fût femblable à toi-même,
Et dont j'ofai trahir la volonté fuprême ;
Dieu puiffant , devant toi vois les premiers mortels
Deftinés à remplir tes décrets éternels :
(ᵃ) Malheureux rejettons d'une tige coupable ,
Pour eux , pour leurs Enfans , la mort inévitable ,
Rappellera fans ceffe au monde épouvanté
Qu'Adam fut l'affaffin de fa poftérité.
Sans doute qu'à jamais maudiffant ma mémoire. ...
Grand Dieu ! Si c'eft ainfi que l'ordonne ta gloire,
J'y foufcris : cependant , avant que de mourir ,
Permets qu'ici ma bouche , effayant d'adoucir
L'amertume des maux répandus fur la terre ,
Confole , s'il fe peut , mes Enfans & leur Mere.
(ᵇ) Objets infortunés du plus fincere amour,
Peut-être verrez-vous avant la fin du jour ,
Adam rendre au néant fa dépouille mortelle.
Dans mes membres brifés une douleur cruelle ,
Sur mes yeux affoupis un nuage inconnu ,
Tout, depuis mon réveil , me dit que j'ai vêcu.

(ᵃ) « D'un tronc empoi-
» fonné par le péché que peut-
» il naître autre chofe que des
» Pécheurs , & des Pécheurs
» fujets à la mort ? J'ai tué
» toute ma poftérité ». *Poëme
de M. G. page* 147.
(ᵇ) » O mes bien aimés, leur
» dit-il , la main du Seigneur
» a répandu de la douleur fur
» ma pouffiere , mes entrailles
» en font déchirées. . . Peut-
» être mes maux ne font-ils
» que les avant-coureurs de la
» mort qui s'approche de moi
» lentement ». *Ibidem , pages*
141 *&* 143.

Ainſi la mort viendra tour-à-tour nous ſurprendre :
Trop heureux, puiſque rien ne peut nous en défendre,
Que ſa fatale main, qui ſembloit m'oublier,
Conduite par le Ciel, me frappe le premier !
J'entends à ce diſcours votre cœur qui murmure :
J'aurois, j'aurois dû ſeul payer à la nature
Ce funeſte tribut, le prix de mon forfait.
Jugez du crime, hélas ! par ſon cruel effet !
Mais retenez du Ciel la fidelle promeſſe (ᵃ) :
L'exécrable ennemi qui trompa ma foibleſſe,
Dieu l'a prédit lui-même, un jour ſera vaincu.
O d'un Dieu courroucé bienfait inattendu !
Eve, tu t'en ſouviens ; lorſque ſa voix ſévere
Daigna nous annoncer ce ſublime myſtere ;
Lorſqu'en un ſens obſcur il prédit au Serpent,
Qu'un jour il ſubiroit un juſte châtiment ;
D'un reſpect pur & ſaint nos ames pénétrées,
Adorerent alors ſes paroles ſacrées.

THIRZA.

Oui, le Ciel déſarmé par de profonds regrets,
(ᵇ) Juſque dans la mort même épenchant ſes bienfaits,
Epargnera le Juſte à ſon heure derniere.

(ᵃ) « O promeſſe ineffable ! « La race de la femme doit « un jour briſer la tête du Ser- « pent…. O prodige de bonté « inattendu ! …. Myſtere ſu- « blime, mais environné, il « eſt vrai, d'une ſainte obſcu- « rité, qu'un être créé ne ſçau- « roit pénétrer ». *Poëme de M. Geſſner, pages* 302, 303 & 304.

(ᵇ) « Ce Dieu de grace & « de bonté fait tourner à no- « tre avantage les effets même « de ſa juſte vengeance ». *Ibidem, page* 104.

EVE.

(ª) Mes Enfans, ce fut moi qui troublai la premiere
Des bontés du Très-haut le cours illimité :
C'eſt par moi que la terre a perdu ſa beauté.
Depuis qu'Eve ſéduite a ſéduit votre Pere,
Tout retrace à nos yeux la céleſte colere ;
(ᵇ) Tout meurt : la fleur ſe fane & le fruit ſe corrompt ;
Ces chênes orgueilleux, ces ormes périront :
Hélas ! j'ai dans ma chûte entraîné la nature.
Dieu juſte, tu le ſçais ; j'ai ſouffert ſans murmure
Les peines de l'exil, les injures du tems,
Les maux, les maux affreux qui déchiroient mes flancs ;
Chaque fois que le Ciel rendant Eve féconde,
D'un nouvel habitant enrichiſſoit le monde :
Mais à de plus grands maux ce Ciel me réſervoit.
Je n'avois rien perdu, puiſqu'Adam me reſtoit :
(ᶜ) Mon Epoux va périr ! Dieu ! prends plutôt ma vie.

(ª) » Tout ce que vous ſouffrez de douleurs & de maux, ô vous tous, vient de moi ſeule ; c'eſt moi qui ai péché la premiere. Hélas ! les maux que vous ſupportez ſont autant de vers rongeurs qui me dévorent ». *Poeme de M. G. page* 150.

(ᵇ) » Ah ! Adam, j'ai déjà vû comme la mort & la corruption (car c'eſt ſans doute la même choſe) s'étendoient ſur toute la nature ; j'ai vû des fruits tombés, gâtés, des fleurs fanées ſur leurs tiges ; j'ai vû des arbriſſeaux morts, triſtement dépouillés de feuilles & de fruits ». *Ibidem, p.* 79.

(ᶜ) « Si tu allois mourir par ma faute, ô Adam ! ſi c'étoient actuellement les angoiſſes de la mort qui te ſaiſiſſent ! .... O Dieu tout-puiſſant, prête l'oreille à mes prieres plaintives. .... Retire mon ame la premiere, pour que je ne voye point ſa mort ; j'ai péché la premiere », *Ibidem, pages* 151 & 152.

C'eſt moi qui t'outrageai ; je n'en ſuis pas punie :
Dieu ! je le ferai trop , s'il périt avant moi.

A B E L.

O ma Mere calmez un inſtant votre effroi.
Par le coupable excès d'un amour légitime ,
N'allez pas contre Dieu commettre un nouveau crime.
Occupons-nous plutôt du ſoin de l'appaiſer.
Nos cœurs en ſa bonté doivent ſe repoſer :
Il a rempli le mien d'une ſainte eſpérance.
(ᵃ) Les yeux noyés de pleurs , allons dans le ſilence,
Le prier pour mon Pere ; & par des vœux ardens ,
Peut-être obtiendrons - nous qu'il ranime ſes ſens.
Thirza m'aſſiſtera dans ce ſaint exercice.
Caïn de ſon côté , par un pur ſacrifice ,
Aidé de Méhala , fera ſur ſon autel ,
Eclater ſa ferveur aux yeux de l'Eternel.
Par les premiers humains imploré pour un Pere ,
Le Seigneur pourra-t-il rejetter leur priere ?

T H I R Z A.

Cher Epoux , Dieu t'inſpire un ſi pieux deſſein.
Déjà je ſens l'eſpoir renaître dans mon ſein.
Que nos Enfans auſſi partagent nos allarmes ;
Qu'ils offrent au Seigneur leurs innocentes larmes :

(ᵃ) « Nous allons, proſter- » Hélas ! puiſſe notre priere
» nés devant le Seigneur , le » être exaucée ! Puiſſe le Sei-
» ſupplier qu'un doux repos » gneur calmer les ſouffrances
» vienne réparer tes forces » qui te déchirent » ! *Poëme*
» épuiſées par la ſouffrance... | *de M.* Geſſner *, page* 145.

Tant de pleurs réunis nous rendront fon amour.

MÉHALA.

Qui fçait fi fa bonté n'a pas choifi ce jour,
Pour nous faire éprouver en un malheur extrême,
Qu'il n'eft rien au-deffus de fa grandeur fuprême ;
Et que nos foibles jours , protégés par fon bras,
Peuvent , quand il lui plaît , triompher du trépas ?

EVE.

Que j'aime à voir en vous cette foi vive , ardente,
Qu'ofe à peine écouter mon ame impatiente !
Pourfuivez , mes Enfans ; & puiffe le Seigneur,
Prompt à récompenfer une fi jufte ardeur ,
De la mort d'un Epoux m'épargner le fpectacle !
A votre piété le Ciel doit ce miracle.

ABEL.

Le Ciel ne nous doit rien : mais fi nos foibles voix
Pour de légers befoins l'ont touché quelquefois ;
Si fa bonté , propice à de moindres demandes,
A daigné quelquefois agréer nos offrandes ;
Quand nous brûlons d'ardeur pour mon Pere & pour
      vous ,
Ce Ciel , qui tempéra l'effet de fon courroux
En embrafant nos cœurs d'une flamme fi pure,
S'attendrira peut-être au cri de la nature.

ADAM,

ADAM.

Si l'heure eft arrivée, où des terreftres biens
Mon ame, ayant brifé fes douloureux liens,
Dans le fein de fon Dieu doit perdre la mémoire,
Vos efforts feront vains.

EVE *vivement.*

Ah ! je ne fçaurois croire
Qu'ayant borné nos jours, la main du Tout-puiffant
Si près de leur aurore ait marqué leur couchant.
Dieu ne voit point nos pleurs avec indifférence :
Hâtez-vous, mes Enfans, d'implorer fa clémence.
Pleurez & gémiffez. Adam, fous ces berceaux,
Cherchera cependant quelque calme à fes maux ;
Tandis que vos foupirs, portés jufqu'à fon trône,
Rameneront à lui le Dieu qui l'abandonne.

(*Ils fortent tous en foutenant Adam. Caïn refte feul,*
plongé dans une profonde rêverie).

SCENE IV.

CAIN, MÉHALA *revenant fur fes pas.*

MÉHALA.

Caïn ne les fuit pas ! Son filence profond,
Ses yeux déjà féchés, tout en lui me confond:

B

Couverts d'un voile épais , ſes yeux offrent l'image
D'une nuit qu'obſcurcit l'approche de l'orage. . . . .
Cher Epoux ! prends pitié de mon trouble mortel.
Les ſouffrances d'Adam , la piété d'Abel
Ont gliſſé ſur ton cœur !

CAIN *d'un ton furieux.*

Abel !

MÉHALA.

Il eſt ton frere :
Pourquoi prononces-tu ſon nom avec colere ?

CAIN.

Moi ! . . . (ª) Je ne le hais point : mais Dieu n'aime que lui.
Connois , connois enfin la ſource de l'ennui
Qui dévore un Epoux , indigne de te plaire :
Depuis que je ſuis né , vil fardeau de la terre*,
Des douceurs du repos mes membres ſont privés ;
Des ſueurs de mon front nos champs ſont abbreuvés ;
Et , lorſque de leurs fruits j'offre à Dieu les prémices ,
Dieu , qui reçoit d'Abel les ſanglans ſacrifices,
Rejette avec horreur les dons que je lui fais.
(ᵇ) Le trop heureux Abel , comblé de ſes bienfaits ,

(ª) « Je n'ai jamais haï
» mon Frere, non jamais : j'ai
» ſeulement vu avec peine ces
» carreſſes molles & effémi-
» nées par leſquelles il m'enle-
» voit l'affection d'Eve &
» d'Adam ». *Poeme de M. G.*
page 123.

(ᵇ) « Tout ce qui peut le
» faire aimer plus que moi lui
» arrive. . . . Toute la nature
» lui ſourit ; je ſuis le ſeul à
» manger un pain de douleur
» à la ſueur de mon viſage ».
Ibidem , pages 165 & 166.

De mes cruels Parens a toute la tendreſſe ;
Et moi, toujours courbé fous ſa main vengereſſe,
(^a) Né le premier d'un ſang que ſa haine a maudit,
Objet d'inimitié, perſécuté, proſcrit,
Des poiſons qui naîtront de ce ſang ſi coupable
Je renferme en moi ſeul la ſource intariſſable.

M É H A L A.

(*A part*).
Arrête, cher Epoux ! Ciel ! il comble mes maux.

C A I N.

Vois cet Abel, comptant ſur des bienfaits nouveaux,
Se charger d'adoucir la vengeance ſuprême !
Il ne me reſte plus, dans mon malheur extrême,
Que de le voir bientôt l'arbitre de nos jours.
N'as-tu pas entendu ſon perfide diſcours ?
Le cruel ! Il ſçait bien que le Ciel me déteſte ;
Il ſçait que, pour aigrir la colere céleſte,
Il ſuffit que Caïn tente de l'appaiſer ;
Que la foudre auſſi-tôt iroit tout embraſer :
Et le traître, employant une ironie amere,
Feint d'attendre de moi le ſalut de mon Pere !
Il m'outrage !

M É H A L A.

Qu'entends-je ? (^b) Un Frere vertueux

(^a) « Malheur à moi d'être le premier né, puiſque mon aineſſe ne m'aſſure qu'un poids plus accablant de malédiction ». *Ibid. page* 166.
(^b) » Ce qui te fâche, ce

Allume dans ton fein ce courroux furieux !
Contre le tendre Abel ta rage fe déchaîne !
Ce qui le fait aimer excite en toi la haine !
(ᵃ) Et les noires vapeurs qui troublent ta raifon ,
Jufques à la vertu , tournent tout en poifon !

C A I N *d'un ton dédaigneux.*

La vertu ! Par fon crime Adam , pour héritage ,
Va, ne nous a laiffé que l'orgueil en partage.

M É H A L A *vivement.*

Hé bien , livre-toi donc à cet orgueil affreux !
N'éleve vers le Ciel tes regards ténébreux ,
Que pour hâter fur nous la chûte du tonnerre !
Puifqu'aucune vertu n'eft laiffée à la terre ,
Puifqu'Abel eft coupable au gré de ton courroux ,
Le Ciel à fa fureur doit nous immoler tous.
Barbare ! Tu te plains que ce Ciel redoutable ,
Aux prieres d'Abel fans ceffe favorable ,
Pour toi toujours d'airain , rejette tes préfens !
Dieu d'un amour égal chérit tous fes Enfans :
Mais apprends que celui dont la bouche parjure
D'un cœur fouillé d'orgueil lui fait l'offrande impure ,

" qui excite cette violente " tempère dans ton ame, ce " font ces larmes de joie que " nous fait verfer fa piété pure, " & ces doux tranfports que " nous infpire fa vertu fans " tache ". (*Dans le Poëme c'eft Adam qui tient ce difcours à*

Caïn , *page* 26).
(ᵃ) " Quand la raifon de " l'homme fuccombe aux at- " taques des paffions impétueu- " fes. . . . . . tout ce qui étoit " bon de fa nature lui tourne " en poifon ". *Ibidem* , *p.* 33.

Plus il charge l'autel de ses dons odieux;
Plus de ce Dieu jaloux il irrite les yeux.

(*Affectueusement*).

Pardonne, cher Epoux. (ᵃ) Si ton cœur inflexible,
Pour Méhala du moins peut devenir sensible ;
Si la mort qui menace un Pere infortuné,
Peut fléchir un moment ton courroux obstiné ;
Examine ton cœur, & descends dans toi-même :
Interroge ce Dieu que ta bouche blasphême.
L'homme s'est en naissant contre lui révolté :
Du faîte du bonheur l'homme précipité,
Par la rébellion privé de sa présence,
Peut encore en jouir dans un humble silence,
Peut entendre du moins la voix de son Auteur.
Dieu se tait à ses yeux ; mais il parle à son cœur.
C'est de lui que nous vient cette heureuse foiblesse,
Ce sentiment secret de douceur, de tendresse,
Cette ardente pitié pour les peines d'autrui,
Par qui ce Dieu si bon, nous égalant à lui,

(ᵃ) « Ah ! si tu conserves encore dans ton cœur du respect pour le Tout - puissant, qui voit dans l'intérieur; si la moindre étincelle d'amour filial brûle encore dans ton cœur ; je te conjure par ce respect, par cet amour, rends - nous notre repos, rends- nous notre joie éteinte..... Les Anges qui nous environnent applaudissent à chaque bonne action qu'ils contemplent, & le Tout-puissant du haut des Cieux les voit avec une gracieuse complaisance..... Quelle triste faculté que de pouvoir résister à cette noble joie, à ces douces impressions qui entraînent notre ame dans le ravissement » ! (*C'est encore Adam qui parle ainsi dans le Poeme, page 25*).

Semble à fa providence affocier la terre.

C'eft Dieu qui de ces noms & de Pere & de Mere,

A fait des noms facrés & chers comme le fien.

C'eft lui qui béniffant notre tendre lien ,

M'ordonne , fi je puis, d'adoucir l'amertume

Des maux dont en fecret l'atteinte te confume.

   (Regardant Caïn qui s'attendrit).

Ce Dieu , qui fait couler tant de pleurs de mes yeux ,

Puifque tu t'attendris, les rend délicieux.

C A I N *un peu ému.*

Laiffe-moi, Méhala ; laiffe-moi : je m'abhorre.

M É H A L A *fe jetant dans fes bras.*

Cruel ! . . . . .

C A I N *vivement, après avoir un peu rêvé.*

Me réponds-tu que le Ciel m'aime encore ?

M É H A L A.

Ah ! tu n'es pas touché , fi tu perds cet efpoir.

C A I N.

Allons : pour un ingrat c'eft affez t'émouvoir.

A l'ardeur de mes vœux que Dieu rende mon Pere :

Je bénirai fon nom ; j'embrafferai mon Frere.

Fin du premier Acte.

ACTE II.

SCENE PREMIERE.

EVE, THIRZA.

EVE.

Dis-tu bien vrai, ma Fille, & puis-je me flater
Qu'en un danger si grand le Ciel daigne écouter
Les vœux de ton Epoux?

THIRZA.

       Le Ciel nous est propice:
Il nous a dispensés d'un trop lent sacrifice.
Nous vous quittions à peine, Abel impatient:
Viens, Thirza, m'a-t-il dit, plein d'un saint mouvement;
Le tems presse, & le Ciel, en de telles allarmes,
Pourra se contenter du tribut de nos larmes.
Sur la terre aussi-tôt humblement prosterné:
» Dieu, s'est-il écrié, Dieu qui nous as donné
» Un Pere, dont la bouche, en dictant ta loi sainte,
» Nous inspire à la fois & l'amour & la crainte,

» L'amour fur-tout, feu pur, émané de ton fein ;

» Source d'un tendre efpoir en ton appui divin ;

» Contre la mort, grand Dieu, prens foin de le défendre !

(a) » Pour nous, pour nos Enfans, laiffe un Pere fi tendre

» Accoutumer encor nos mains à te fervir ,

» Nos cœurs à te louer, nos fens à t'obéir ;

» Et, par l'exemple enfin d'un repentir fincere,

» Nous montrer comme on peut defarmer ta colere »;

(b) Tandis qu'Abel parloit, un nuage à nos yeux

Defcend, s'ouvre, & nous montre en fes flancs radieux,

Un de ces Favoris du Maître du tonnerre,

Qu'il choifit pour dicter fes ordres à la terre.

Ecoutez quel fecret il révéle à nos cœurs:

(c) De ce limon que l'homme arrofe de fes pleurs,

Il nous apprend que Dieu, (qui jufqu'en fa ruine ,

Nous veut de notre corps rappeller l'origine)

(a) « ermets que celui qui nous a donné la vie refte encore long tems avec nous; qu'il annonce parmi nous tes bontés infinies, & qu'il dicte tes louanges à nos Fils & à nos Filles, dès l'âge où ils articuleront à peine ». *Poéme de M. Geffner, page 156.*

(b) « Telle avoit été la priere d'Abel profterné à terre avec une profonde humilité ; il entendit du bruit, & des odeurs fuaves répandues dans la contrée, porterent leurs parfums jufqu'à lui: il tourna la téte & apperçut près de foi un Ange gardien tout rayonnant de beautés ». *Ibidem, page 157.*

(c) « La Sageffe éternelle a bien voulu ordonner à la terre de produire dans fon fein des remedes falutaires pour le fervice de fes habitans, dont le corps eft ouvert aux douleurs & à toutes les influences que la nature, depuis la malédiction, a exhalées autour d'eux , comme autant de dégrés pour les conduire à la corruption qui les attend ». *Ibid. page 158.*

Par un foin paternel, au fein des végétaux
Forme un fuc précieux qui peut calmer nos maux.
Il difparoît alors , & laiffe dans notre ame
Echapper un rayon de fa divine flamme.
Nous admirions combien le Ciel autour de nous
Mit d'adouciffemens à fon jufte courroux :
(ᵃ) Quand foudain apprêtant le célefte breuvage ,
Abel me quitte ; & moi , fans tarder davantage,
J'accours vous raconter la plus grande faveur
Dont le Ciel ait jamais couronné notre ardeur.

E V E.

(ᵇ) Quelqu'irrité qu'il foit contre un cœur qui l'offenfe ,
Son courroux n'eft jamais égal à fa clémence ;
Tu le vois.

SCENE II.

EVE, ABEL, THIRZA.

E V E.

O MON FILS ! que ne te dois-je pas ?

A B E L.

Rendez graces au Ciel : il arrache au trépas

(ᵃ) « Soudain il court à fa cabane ; la joie lui prête des ailes ; & il prépare avec une impatience avide la boif- fon falutaire ». *Poeme de M.* Geffner, *page* 160.

(ᵇ) « Nos iniquités font grandes ; mais ta bonté in- finie eft encor plus grande ». *Ibid. page* 257.

Le premier des humains. Par ma main apprêtée,
A mon Pere mourant la liqueur préſentée,
A déjà ranimé ſes ſens appeſantis.

E V E tranſportée.

Je vole vers Adam : embraſſe-moi, mon Fils.

C A I N au fond du théâtre ([a]).

Contre moi juſqu'au bout le Ciel pourſuit ſa haine !
Fuyons.   (*Il ſort*).

E V E.

Qu'ai-je entendu ? Caïn voit avec peine
Les tranſports de ma joie ! Il fuit ! Il ne vient pas
En des momens ſi doux ſe jeter dans mes bras !
Ta bouche, Fils ingrat, par un jaloux murmure,
Quand Dieu ſauve ton Pere, outrage la nature !
Ainſi nous ne ſçaurions jouir d'un bien parfait :
Ciel, l'orgueil de Caïn altere ton bienfait.
Pour qu'il fût humble, hélas ! ta fatale vengeance
Trop près de ma révolte a placé ſa naiſſance.

(*A ſes Enfans*).

Quand j'aurai près d'Adam acquité mon amour,
J'irai forcer Caïn de venir à ſon tour,
L'embraſſer, le bénir, & lui peindre ſon zele.
Mes Enfans, cachons-lui cette allarme nouvelle.

([a]) « Il vit avec ſurpriſe en arrivant la joie & les tendres embraſſemens... Puis il ſortit de la cabane, mais ce fut pour s'aller confiner dans l'enfoncement d'un bocage obſcur, où accablé de mélancolie, il s'écria.... Je ſuis le rebut du Seigneur & de ſes Anges, &c ». *Poëme de M.* Geſſner, *pages* 162, 164 *& 165.*

S C E N E   I I I.

A B E L ,   T H I R Z A.

A B E L.

Ainsi chaque bienfait que j'obtiens du Seigneur,
Rend mon Frere jaloux & me ferme son cœur !
Tu sçais, Thirza, tu sçais combien dans mes prieres
A l'Eternel pour lui j'offre de vœux sinceres :
Je vais les redoubler, & tâcher d'obtenir
Le changement d'un cœur qui ne peut me souffrir.

T H I R Z A *vivement.*

Va, cours : saisis l'instant où Dieu t'est favorable.

S C E N E   I V.

T H I R Z A *seul.*

Mais quelle crainte encor, quel trouble insupportable
Agite mes esprits ? Méhala ne vient pas :
Mon Frere loin de nous retiendroit-il ses pas ?
Et ma Sœur elle-même.......

SCENE V.

MÉHALA, THIRZA.

MÉHALA *entrant précipitamment.*

AH ! que vais-je t'apprendre ?
A nos vœux pour Adam le Ciel vient de se rendre ;
Il a rempli l'espoir qu'Abel avoit conçu :
L'infortuné Caïn, par Abel prévenu,
Dans un antre, où ses cris ont conduit son Epouse,
Se livre avec transport à sa fureur jalouse ;
Et, semblant oublier que son Pere est sauvé,
Se souvient seulement qu'Abel a triomphé.

THIRZA.

Dieu ! que va dire Adam, s'il ne voit point mon Frere
Partager de nos cœurs l'allégresse sincere !
Cache tes pleurs, hélas ! c'est lui que j'apperçoi.

SCENE VI.

ADAM, MÉHALA, THIRZA.

A D A M *guéri.*

La foudre, mes Enfans, ne gronde plus fur moi.
Il femble que le Ciel n'ait menacé ma vie,
Que pour faire éprouver à mon ame attendrie,
Par vos regrets touchans, par votre jufte effroi,
Jufqu'à quel point je peux compter fur votre foi.
Embraffez votre Pere, & louez Dieu fans ceffe.....

(*A Méhala*).

Pourquoi ce fombre accueil en un jour d'allégreffe ?
Pourquoi ces pleurs ?

M É H A L A *embarraffée.*

Hélas ! pardonnez... mon Epoux.....

T H I R Z A *l'interrompant.*

Caïn eft excufable : hélas ! il eft fi doux
De fauver du trépas un Pere qu'on adore,
D'acquérir fur fon cœur de nouveaux droits encore,
De rendre à fon amour ce qu'on en a reçu ;
Que contre un tel bonheur la plus pure vertu
Aux fureurs de l'envie aifément s'abandonne.

A D A M *d'un ton sévere.*

J'entends : parce qu'Abel eft celui que couronne
Du Souverain des Cieux l'équitable bonté ,
D'un fi glorieux choix Caïn eft irrité.
Peut-être applaudirois-je à fon injufte envie ,
Si , lorfque je touchois aux bornes de la vie ,
J'avois vu cet ingrat s'attendrir fur mon fort.
Qui n'eût cru qu'aujourd'hui l'image de ma mort
Porteroit la pitié dans fon ame orgueilleufe ?

M É H A L A.

Eh ! pourquoi foupçonner que cette image affreufe
Sur le cœur de Caïn n'a point eu de pouvoir ?
Si tantôt à vos yeux mon cruel defefpoir
Sous de noires couleurs a pu vous le dépeindre ,
Il étoit moins coupable : Adam fembloit le plaindre.
Permettez qu'à préfent devenu criminel ,
Offenfant à la fois & fon Pere & le Ciel ,
Quand vous l'abandonnez , je prenne fa défenfe.
Non , Caïn n'a pu voir avec indifférence
Le trépas menacer des jours fi précieux :
Croyez-en Méhala ; j'ai vu , j'ai vu fes yeux
Répandre fur Adam les plus finceres larmes ;
Je l'ai vu fe promettre un bonheur plein de charmes,
Si Dieu , (Dieu dont Abel reçut tant de faveurs)
Se fervoit de Caïn pour effuyer nos pleurs,
Et , par ce feul bienfait l'égalant à fon Frere ,
Lui rendoit en un jour tout l'amour de fon Pere.

A D A M.

Eh ! quoi ? m'avez-vous vu , prodigue pour Abel ,
Répandre fur lui feul mon amour paternel ?
Ah ! Dieu m'en eft témoin ; fi quelque préférence
D'aucun de vous jamais a diftingué l'enfance ,
Ce fut envers celui qui la premiere fois
Au tendre nom de Pere accoutuma fa voix ,
Qu'avec plus de tranfports mon amour dut paroître :
Mais , d'une injufte ardeur bientôt me rendant maître ,
Je pris Dieu pour modele , & je ne comptai plus
Les jours de mes Enfans : je comptai leurs vertus.
Il en faut convenir , celui qui t'intéreffe
Ne juftifia pas ma premiere tendreffe.
Je compris , Mehala , que le Ciel outragé ,
Dans ma poftérité voulant être vengé ,
Avoit , pour gage affreux des malheurs de la terre ,
Imprimé fur Caïn le fceau de fa colere.
Je refpectai fa loi : mais , fans l'approfondir ,
Je crus que par des pleurs je pourrois l'adoucir.
Le Ciel ne remplit pas toujours notre efpérance :
Je voyois chaque jour , depuis fa tendre enfance ,
Caïn développer ce poifon détefté ,
Cet orgueil qu'en naiffant il avoit apporté.
Je l'entendois vanter fon féroce courage ,
Signe trop éclatant d'un naturel fauvage.
(ᵃ) Hélas ! je me fouviens que ce malheureux Fils ,

(ᵃ) *Voyez la note qui eft à la fin de la Préface.*

Raillant un jour Abel, dont les sens interdits
Consommoient en tremblant un premier sacrifice,
Egorgea sans pâlir une tendre Genisse.
Je crois le voir encor : D'un bois dur & tranchant
Caïn perce à nos yeux l'animal innocent.
Le sang coule ; & son bras, que cet aspect anime,
A nos pieds aussi-tôt terrasse la victime,
A coups précipités lui déchire le flanc,
Y replonge vingt fois le poignard teint de sang ;
Va chercher dans son cœur les sources de la vie,
Et, semblant triompher de cette barbarie,
Par un sourire amer accuse la terreur
Qu'inspiroit à nos sens ce spectacle d'horreur.

MÉHALA.

Quelle injustice, ô Ciel ! On lui cherche des crimes ;
On reproche à Caïn jusqu'au sang des victimes
Dont Dieu veut que l'autel soit rougi par nos mains !
Vous le haïssez donc ?

ADAM.

Ma Fille, je le plains.

SCENE

S C E N E   V I I.

ADAM, EVE, CAIN, MÉHALA, THIRZA.

(*Caïn entre en se débarrassant avec fureur des bras de sa Mere*).

E V E *à Caïn.*

Rien ne peut t'arracher à ce dessein barbare !
Vois du moins quels chagrins ta fuite nous prépare :
Plutôt que d'échapper pour jamais à nos bras,
Rentre au fond de ton antre, & ne nous quitte pas.

C A I N.

Non, non : j'irai, vous dis-je, aux deux bouts de la terre,
Chercher quelque caverne encor plus solitaire,
Où nourri de mes pleurs, dans l'ombre enseveli,
Mes jours affreux, couverts d'un éternel oubli,
Languiront ignorés du monde & du Ciel même.

E V E.

Quoi toujours insensible à ma douleur extrême,
Fils ingrat........

C A I N *l'interrompant.*

Laissez-moi dévorer mon ennui,
Abel a triomphé ; je vous quitte aujourd'hui.

C

Allez à votre Abel prodiguer vos carreſſes.

Dieu me hait ; Dieu répand ſur lui ſeul ſes largeſſes :

Que voulez-vous d'un Fils, qui, du Ciel abhorré,

Des humains deſormais doit vivre ſéparé ?

Tremblez : vous me forcez de revoir la lumiere :

Je pourrois....... (ᵃ) Quelle eſt donc la vertu ſinguliere

De l'inſolent Paſteur que l'on préfere à moi ?

Le Ciel nous impoſa la rigoureuſe loi

De déchirer le ſein de cette terre avare,

D'arracher à nos champs l'aliment qui répare

L'épuiſement d'un corps à périr condamné :

Je le fais ; je ſubis ce joug infortuné.

Mes membres endurcis par ces travaux pénibles,

Sont, ainſi que mon cœur, moins foibles, moins ſenſibles

Que ceux de cet Abel, devenu votre appui,

Conducteur de troupeaux auſſi lâches que lui.

Si cette âpre vigueur doit m'être reprochée ;

Si des pleurs dans mes yeux la ſource deſſéchée,

Me fait haïr de Dieu, de vous, de tous les miens ;

Ah ! laiſſez-moi vous fuir, & rompre des liens

(ᵃ) « Serai-je donc éternel-
» lement perſécuté par ces fâ-
» cheux reproches (d'inſenſibi-
» lité) ? Si l'agréable ſouris
» n'eſt pas toujours peint ſur
» mes levres, ou ſi des larmes
» de tendreſſe ne coulent pas
» toujours ſur mes joues, pour-
» quoi donc imputer ma gra-
» vité mâle à des vices dé-
» teſtables ? Né d'un caractere
» plus viril, j'ai toujours choiſi...
» les travaux les plus rudes, &
» je ne puis pas commander
» au ſérieux empreint ſur mon
» front de ſe réſoudre en lar-
» mes de tendreſſe ou de ſe
» changer en ſouris ». *Poème*
de M. Geſſner, *p.* 27 & 28.

Qu'avec plus de fureur je briferois peut-être.

Je vous l'ai déjà dit ; le Ciel m'a fait connoître
Par un fonge (ᵃ), qu'en vain j'ai voulu vous cacher,
Que, des liens du fang prompt à fe détacher,
Que, contre l'homme même ardent à fe défendre,
Lorfque dans l'Univers ils viendront à s'étendre,
L'homme de fes pareils fera couler le fang :
L'exécrable poifon que Dieu mit dans mon flanc,
Secondant trop alors fon courroux implacable,
Remplira les mortels d'une haine indomptable ;
Et, par leurs propres mains les faifant tous périr,
Soulagera le Ciel du foin de les punir.

Vous, fans qui Dieu jamais n'eût lancé le tonnerre,
Parens dénaturés, qui n'aimez que mon Frere ;
Tremblez que ces fureurs ne commencent à moi.

MÉHALA.

Ciel ! Il me fait frémir : barbare Epoux !

CAIN.

Tais-toi.

Tu m'as rendu tantôt capable de foiblefle ;
Tu te fouviens alors quelle étoit ma promefle :

(ᵃ) Il y a auffi un fonge dans le Poëme, mais un fonge bien différent de celui que je fais raconter à Caïn en cet endroit. Ceux qui feront attention au ton général de ma Piéce, comprendront aifément pourquoi j'ai fi peu fuivi mon Auteur dans ce morceau. (*Voyez le Poëme, pag.* 188, *& fuivantes*).

Vois comme Dieu me traite & fois juge entre nous.

MÉHALA.

Qui! moi! que j'ose à Dieu reprocher son courroux!
Qu'élevant vers son trône un front couvert de honte,
J'ose de ses décrets lui faire rendre compte!
Que j'ose contre Abel tenter d'armer sa main!

THIRZA *à Caïn, affectueusement.*

Abel en ce moment l'implore pour Caïn :
Abel acquiert des droits sur ta reconnoissance.

CAIN.

Lui ? Ciel! Qui l'a chargé de prendre ma défense ?

THIRZA *rapidement.*

Sa piété, nos pleurs, & ta haine pour lui.

CAIN *d'un ton de rage.*

Dieu cruel! Est-ce assez me confondre aujourd'hui ?

ADAM.

De ton Frere & de toi telle est la différence :
Lorsqu'il court appaiser la céleste Puissance,
Tu prends droit des malheurs que Dieu répand sur nous,
Pour immoler ton Pere à ton affreux courroux.
Hélas! si sur mes jours ce Ciel que tu blasphêmes,
Déploya, malheureux, des châtimens extrêmes,
Ce fut en me donnant un Fils semblable à toi.

C A I N *avec audace.*

(ª) Que me reprochez-vous ? Suis-je maître de moi ?

A D A M *vivement.*

(ᵇ) Oui, tu l'es : Fils ingrat, oui, le Dieu qui nous juge,

Ce Dieu de l'innocent le confolant refuge,

A créé l'homme libre, & ne le traite pas

Comme un vil inftrument que fait agir fon bras.

Dis-moi, lorfque ton cœur dans le crime fe plonge,

D'où vient enfuite, ingrat, le remords qui le ronge ?

Quel gage plus certain, que, libre dans fon choix,

Il pouvoit écouter une fecrette voix

Qui balançoit en lui fon penchant déteftable ?

Il convient qu'il eft libre, en s'avouant coupable.

O comble affreux d'horreur ! Tu veux rendre le Ciel

Complice des forfaits de ton cœur criminel !

L'Eternel, par nos mains fouillant fa propre image,

Sur nos mains, qu'il guidoit, rejette cet outrage !

Nous conduit & nous juge ! & porte la fureur

Jufqu'à punir en nous une invincible erreur !

(ª) « Puis-je commander à » l'orage de n'être point fu- » rieux, & au torrent impé- » tueux de refter paifible » ? *Poëme de M.* Geffner, *pag.* 3 1.

(ᵇ) » Tu ne peux pas com- » mander à l'orage de n'être » point furieux, & au torrent » impétueux de refter paifible : » mais tu peux dégager ta rai- » fon des nuages qui l'obfcur- » ciffent, & rendre la clarté » à ton ame ; alors elle com- » mandera impérieufement à » ces paffions qui la gourman- » dent. . . . Quand ta raifon » approuvoit tes actions ver- » tueufes, parle toi - même, » Caïn, n'étois-tu pas heureux » alors » ? *Ibid. pag.* 3 3. & 34.

C iij

Monftre d'impiété ! Tremble que ce fyftême
N'allume fur les tiens fa vengeance fupréme.
Tremble... Mais quel efprit m'échauffe en ce moment ?
Qui peut produire en moi ce foudain mouvement ?
J'entends de l'Eternel le fublime Interprête :
(a) Poftérité d'Adam, quels maux Caïn t'apprête !
Le Ciel à mes regards dévoile l'avenir.........
Fils ingrat ! fi ton cœur par un prompt repentir
N'appaife du Très-haut l'éternelle juftice,
Apprends de quels forfaits tu deviendras complice :
Tes Fils dénaturés, par un jufte retour,
A ton barbare cœur refuferont l'amour
Qu'au Pere le plus tendre aujourd'hui tu refufes.
Dieu les rejettera. Dieu que toi-même accufes,
Par leur organe impur fans ceffe blafphêmé,
En Tiran de la terre à leur gré transformé,
Voyant de jour en jour s'accroître leur audace;
Aux Efprits infernaux livrera cette race.
L'orgueil de l homme alors, par l'Enfer excité,
Cet orgueil, dont le Ciel juftement irrité,
Voulut faire paffer la vengeance éternelle
Dans les derniers rameaux d'un tige rebelle,
De fon venin caché corrompant tous les cœurs,
Jufqu'au trône de Dieu portera fes fureurs.

(a) » Ah ! malheureux que je fuis ! Quels fombres pref- fentimens accompagnent les regards que je hazarde dans l'avenir fur mes derniers neveux » ? *Poème de M.* Geffner, *pag.* 23.

(a) On verra l'homme ingrat infulter à fon Maître,
Sous cent noms odieux le faire méconnoître,
A fa foible raifon mefurer fon pouvoir,
Dans l'Univers entier refufer de le voir ;
Et par un dernier trait d'aveuglement extrême,
Nier, même en mourant, fa puiffance fuprême.
Plus l'homme avec éclat combattra l'Eternel,
Plus, croyant s'élever fur les débris du Ciel,
Infenfé, revêtu du vain titre de Sage,
De fes pareils féduits il briguera l'hommage.
Un autre excès naîtra de fon impiété :
Contre les droits du fang fon efprit révolté,
Pour anéantir Dieu, détruira la nature,
Tarira dans les cœurs cette fource fi pure
De devoirs mutuels, impofés par l'amour,
Seul embelliffement du terreftre féjour ;
Et, lui faifant brifer fes chaînes les plus cheres,
Il ifolera l'homme au milieu de fes Freres.

C A I N *à part.*

Tous mes fens font troublés & je refte interdit.
Dieu l'infpire en effet. (*Haut*). Mon fonge & ce récit

(a) « Je crains que par la fuite l'homme multiplié ne fe dégrade encore ; que dégradé fa mifere n'empire ; & qu'il en vienne à n'avoir plus de l'Etre fuprème que des notions confufes & ténébreufes..... Il eft vrai que le moindre infecte pourra l'annoncer affez clairement : Mais la voix de la nature ne fera-t-elle pas alors trop foible pour eux, lorfque Dieu continuera de cacher fa face aux humains » ? *Ibidem*, pages 84 & 85.

C iv

Ne m'annoncent que trop la célefte vengeance.

ADAM *affeÆtueufement.*

Rends-toi donc à nos pleurs : crains que ta réfiftance
Par tes Enfans un jour ne perde l'Univers.

CAIN *après un moment de filence , reprenant*
fon ton audacieux.

Eh ! que m'importe à moi le monde & fes revers ?
C'eft vous qui le premier avez perdu ma race.

> (*Adam fait un mouvement de colere , & fe*
> *retire confus. Thirza fort avec lui de*
> *deffus la Scêne*).

SCENE VIII.

EVE, CAIN, MÉHALA.

EVE *très-vivement.*

Quoi ! pouffer jufques-là ton exceffive audace !
(ª) Ah ! n'adreffe qu'à moi tes redoutables coups ;
Accable moi d'affronts ; je les mérite tous :
Songe qu'Adam fans moi n'eût point été rebelle ;
Que ma main a rendu la fienne criminelle.

(ª) « Maudis moi ; mais » re ». *Poëme de M.* Geffner,
» épargne ton Pere : c'eft *pag.* 246.
» moi qui ai péché la premie-

Infenfé ! choifis mieux le cœur qu'il faut frapper.
Le mien s'efforceroit envain de t'échapper :
(ᵃ) Son orgueil a creufé les gouffres effroyables
Où tout doit s'engloutir , innocens & coupables.
La mort eft mon ouvrage ; & tu n'étois pas né,
Que ta Mere déjà t'avoit affaffiné.

MÉHALA.

Que faites-vous ? pourquoi lui fournir cette excufe ?
Voulez-vous devant moi que l'ingrat vous accufe ?
D'une Mere & d'un Fils combat humiliant !
Il combleroit fon crime en fe juftifiant.
N'a-t-il pas déjà fait affez rougir fa Mere ?
Mais j'apperçois Abel.

S C E N E   I X.

E V E, C A I N, A B E L, M É H A L A.

M É H A L A *continuant.*

O MON foutien ! mon Frere !

E V E.

O mon Fils !

A B E L.

Vous pleurez.... Mes vœux ont été vains.

(ᵃ) « C'eft moi qui ai intro-   » & la mort dans le monde »,
» duit le péché, la malédiction   *Ibidem , pag.* 289.

C A I N à *Abel.*

Je maudirois mon fort, adouci par tes mains.
Le Ciel, à qui je rends outrage pour outrage,
M'épargne enfin l'affront que j'ai craint davantage ;
Et je goûte en partant, graces à fes rigueurs,
Le plaifir de le voir infenfible à tes pleurs.

M É H A L A à *Eve,* à part.

N'irritons plus, ma Mere, un courroux fi funefte.
Pour empêcher fa fuite un feul moyen me refte :
S'il eft infruduteux, je perdrai tout efpoir.
'Abel, retiens fes pas ; tâche de l'émouvoir.

S C E N E X.

C A I N , A B E L.

A B E L *avec tendreffe.*

Mon Frere, vois leurs pleurs, & rentre dans toi-même.
(ª) Qui peut t'aigrir ainfi contre un Frere qui t'aime ?
Si par quelque bienfait précieux à mon cœur,
L'Eternel a pour moi fignalé fa faveur,

(a) » Ah! mon Frere, mon » cher Frere, eft-ce que tu te fais un nouveau fujet de cha- grin de ce que le Seigneur s'eft fervi de moi pour porter du fecours à mon Pere ? S'il s'eft fervi de moi, c'eft une commiffion dont il m'a char- gé pour nous tous ». *Poème de M. Geffner, pages* 175 & 176.

DRAME.

C'eſt lorſqu'il a daigné rendre un Pere à la vie :
De ma timide main ſa bonté s'eſt ſervie ;
Mais une égale ardeur éclatoit entre nous :
Sa faveur eſt dès-lors un bien commun à tous.
Pour ravir à la mort cette chere victime
Il a choiſi ton Frere : & tu m'en fais un crime !
Ah ! quoique d'un tel choix je ſente tout le prix,
Si ce Dieu t'eût chargé du ſoin qu'il m'a remis,
Occupé du deſir de conſerver mon Pere,
Son ſalut m'eût rendu ton amitié plus chere ;
Et je regarderois ce bienfait précieux
Comme un gage aſſuré que deſormais les Cieux
Devenus dès ce jour plus ſereins pour mon Frere,
Accepteroient enfin tes préſens ſans colere.
Dieu ne l'a pas voulu ; Dieu t'afflige aujourd'hui ;
C'eſt ſouvent par les pleurs qu'il nous ramene à lui
Peut-être en t'envoyant cette épreuve derniere,
Son deſſein eſt d'ouvrir tes yeux à la lumiere,
D'humilier ton cœur, pour gagner ta raiſon.....
Peut-être cet inſtant eſt celui du pardon.
Un Pere (& c'eſt à Dieu que nous devons la vie)
Eſt près de pardonner au moment qu'il châtie :
　　　(*Vivement*).
Mon Frere ! il va t'aimer ; il va nous réunir.

　　　C A I N *d'un ton dédaigneux.*

Abel ſe ſeroit-il flaté de m'attendrir ?

ABEL *du ton le plus paſſionné.*

Eh ! pourquoi voudrois-tu me ravir cette joie ?
Pourquoi, par la douleur où tu me vois en proie,
Ne pourrois-je inſpirer des ſentimens plus doux
A ton cœur irrité, moins ingrat que jaloux ?
Pour m'ôter tout eſpoir tu te feins trop coupable :
Ton ſein n'enferme pas une haine implacable ;
Non, non : &, quand ta bouche en feroit le ſerment,
Je ne crois point ton cœur privé de ſentiment.
Tandis que le ſang parle à toute la nature,
Qu'il fait au fond des bois entendre ſon murmure,
Caïn, ſourd à ſes cris, tireroit vanité
De ſurpaſſer le tigre en ſa férocité !
Non ; ton ame à ce point ne peut être endurcie ;
Non : mon Frere aime encor ceux dont il tient la vie ;
Ceux que le Ciel forma du même ſang que lui.
Eh ! qui pourroit contre eux t'animer aujourd'hui ?
N'es-tu pas le premier dont l'heureuſe naiſſance
De nos tendres Parens a comblé l'eſpérance,
Le premier qui connut, qui goûta leur amour,
Qui dut avec tranſport les payer de retour ?

CAIN *à part.*

Feignons, pour lui laiſſer un gage de ma haine :
Eſſayons de tromper cette ame lâche & vaine,
Qui ne veut qu'obtenir un triomphe de plus.

A B E L.

Le repentir éclate en ses regards confus :
Ah ! mon Frere est touché.

C A I N feignant d'être ému.

Oui, je le suis, sans doute
Mais comment échapper aux maux que je redoute ?

A B E L avec vivacité.

Appaise le Seigneur ; il en est encor tems :
Lorsqu'il te rend un Pere , offre lui des présens.

C A I N dissimulant toujours.

Ils seront rejettés , je le sçais : mais n'importe ;
Sur la haine du Ciel mon courage l'emporte :
Pour la derniere fois heureux ou malheureux,
Ma fuite dépendra du succès de mes vœux.

A B E L précipitamment.

Ah ! ne crois pas que Dieu puisse être inexorable ,
Quand il remarque en nous un retour véritable.
Vien ; & qu'Adam connoisse à ta sincere ardeur,
Que le Ciel est calmé , qu'il a changé ton cœur.

(Il sort).

SCENE XI.

CAIN *seul.*

Va, cours à tes Parens vanter cette victoire !
Tu ne jouiras pas long-temps de cette gloire.
Penses-tu que Caïn ait formé le projet
De rendre grace au Ciel des faveurs qu'il te fait,
Perfide ? En ce moment je ne veux que diftraire
Les yeux que fur ma fuite un feint amour éclaire.
Si ma lâche pitié remplissoit ton efpoir,
Je fçaurois te punir d'avoir fçu m'émouvoir.

Fin du fecond Acte.

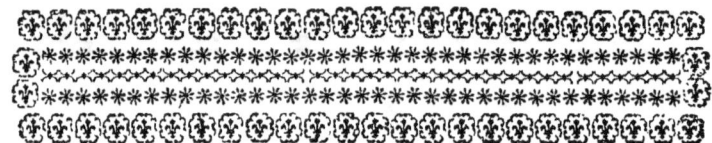

ACTE III.

SCENE I.

ADAM *seul.*

Cain promet enfin de s'unir à son Frere,
Pour payer au Seigneur un tribut nécessaire.
Mais qu'espérer d'un Fils, à nous fuir empressé,
Qui, si Dieu ne reçoit son hommage forcé,
Persiste à détester ce séjour qu'il profane,
Au plus affreux exil lui-même se condamne,
Rompt les nœuds les plus chers, s'arrache de nos bras?
Son Epouse égarée observe en vain ses pas.
Mais moi-même, malgré sa sombre jalousie,
Laisserai-je mon Fils!....Ah! qu'il parte, qu'il fuie!
Sa présence a déjà trop fatigué mes yeux.
Je suis Pere; & je sens que, s'il reste en ces lieux,
Dieu, qui semble imprimer avec ce caractere,
Sa bonté dans mon cœur, ainsi que sa colere,
Peut-être forceroit ma main à le punir.

SCENE II.

ADAM, CAIN.

CAIN *au fond du Théâtre,*
fans voir Adam.

Qui ! moi ! qu'à fon courroux j'aille encore m'offrir !
Que je tente ce Dieu qui me pourfuit fans ceffe !
Qu'Abel croie obtenir de moi cette foibleffe ,
Abel !. . . . De mes Parens j'ai trompé les regards :
Par des pleurs fatiguans preffé de toute parts,
J'ai feint d'être touché d'une plainte éternelle ;
J'ai d'un Frere orgueilleux confondu le faux zele ;
Il va voir quel effet fes larmes ont produit :
Je quitte ce féjour. . . . . Un feul regret me fuit :
Une Epoufe & deux Fils vont pleurer mon abfence ,
Et. . . . . . Mais avec Abel ils font d'intelligence :
Adieu. N'efpere plus me revoir en ces lieux :
Je pars, Famille injufte , & vais, loin de tes yeux,
Rendre au Ciel fes mépris, & braver le tonnerre.

ADAM *avec éclat , en s'avançant*
vers lui.

Tu n'emporteras pas les regrets de ton Pere,
Ingrat ! Je te maudis ; je maudis tes Enfans.

SCENE

S C E N E   I I I.

ADAM, CAIN, MÉHALA, DEUX ENFANS DE CAIN.

M É H A L A,

Avançant précipitamment avec fes deux Enfans,
qu'elle jette aux pieds d'Adam.

Arretez: quel courroux! leurs cœurs font innocens.
Mon Pere, à vos genoux vous voyez ces victimes....
Hélas ! ils n'ont jamais trempé dans aucuns crimes;

(*A Caïn*).

Et vous les maudiffez !..... Et toi, Pere cruel !
Toi, digne d'affouvir le courroux éternel,
Tu croyois m'échapper : dans ta fureur jaloufe,
Tu fuyois tes Enfans ; tu fuyois ton Epoufe ;
Tu ne t'adouciffois que pour mieux m'accabler.
Tu ne fuiras pas feul : j'irai, j'irai troubler
Aux lieux les plus deferts ta folitude affreufe.
Malheureufe avec toi, fans toi plus malheureufe;
Je prétens, quel qu'il foit, partager ton deftin.
Ces Enfans, que ton fang a formés dans mon fein,
Par mes bras fatigués, fût-ce au bout de la terre,
Seront traînés par-tout fur les pas de leur Pere.
A ton cœur qui les hait je veux les attacher ;
Et tu nous entendras tous trois te reprocher

D

Ces malédictions que Caïn feul mérite,
Ces derniers châtimens d'un Pere qu'on irrite.

(*Se tournant vers Adam*).

Adam nous abandonne, & je n'ai plus d'efpoir !
O mon Pere, pardon !.... Il femble s'émouvoir :
Mes Enfans, à fes pieds, fondez, fondez en larmes.

(*Les deux Enfans embraffent tendrement les
genoux d'Adam*).

ADAM *troublé, à Méhala.*

Je les aime toujours. Va, va, tu me defarmes.

(*Montrant Caïn*).

Voilà, voilà le cœur difficile à toucher,
Le cœur qui nous hait tous.

(*Les Enfans font un mouvement vers Caïn*).

CAIN *les repouffant.*

Gardez-vous d'approcher.

(*Ils fe retirent vers Adam*).

MÉHALA *à Caïn.*

Tu rejettes leurs pleurs, barbare ! Prends ma vie :
Plonge-toi dans mon fang : affouvis ta furie
Sur ce fein déchiré qui leur donna le jour.
Monftre, à qui j'ai pour eux prodigué mon amour,
Tu ne méritois pas que Méhala fut Mere :
Tu me ferois haïr ce facré caractere.
Pourfuis, pourfuis le cours de tes iniquités ;
Irrite le Seigneur par tes impiétés :

Commence dès ce jour à combler la mesure
Des crimes dont tu veux étonner la nature.

C A I N *après un silence.*

Que me demandes-tu ?

M É H A L A *vivement.*

Que tu sois Pere, Epoux,
Fils & Frere sensible ; & qu'à ces noms si doux
Je ne t'entende plus opposer cette haine,
Capable de lasser la bonté souveraine :
Que ton ame plus calme & rendue à mes pleurs,
Etouffe le projet d'aller porter ailleurs
Des jours dont tu dois compte à ma vive tendresse :
Qu'au fort de tes Enfans tout ton sang s'intéresse :
Que , du salut d'Adam rendant graces au Ciel,
De tes dons les plus beaux tes mains couvrent l'autel.

C A I N.

Ah ! cruelle ! tu veux que je m'expose encore
A me voir rejeté de ce Ciel qui m'abhorre !

M É H A L A *affectueusement.*

(ᵃ) Ecoute : si ton cœur est pur comme tes dons ;
Si , de tes sens troublés domptant les passions ,

(ᵃ) « Va offrir ton sacri-
» fice : mais ne permets pas
» que des dispositions impures
» en souillent la sainteté ; &
» compte qu'alors le Seigneur
» recevra tes louanges & tes
» actions de graces ».(M. Gessner *a mis ceci dans la bouche
d'Abel , page 176*).

D ij

Tu t'adreſſes à Dieu dans un reſpect ſincere ,
Avec l'ardeur d'un Fils qui recouvre ſon Pere ;
Ce Dieu , qui voit nos cœurs , recevra tes préſens.
Tout l'amour que pour toi j'inſpire à tes Enfans ,
Tu le dois à ton Pere. O Caïn , vois mes larmes ;
Par un tendre retour diſſipe mes allarmes ;
Prends d'un Fils vertueux les pieux ſentimens :
Vois , cruel , vois combien d'objets attendriſſans

(Avec véhémence).

Te demandent ton cœur ! Tu détournes la vûe ,
Barbare ! C'en eſt fait : ton Epouſe éperdue
Va mourir à tes pieds de honte & de douleur.

(Elle tombe aux pieds de Caïn).

C A I N après un long ſilence.

(Reprenant ſon ton furieux).

Leve-toi : j'obéis. . . . Non , non : ce Ciel vengeur
A juré de me perdre.

A D A M.

O blaſphême effroyable !

Dieu peut-il deſirer la perte du coupable ?
Hélas ! aux premiers pleurs qui pourront t'échapper ,
Je ſens tout mon courroux prêt à ſe diſſiper ;
Et tu veux que ce Ciel , de qui vient ma clémence ,
Pour tes égaremens montre moins d'indulgence !
Tu t'abuſes , Caïn. Rentre dans ton devoir.
Tes erreurs , ô mon Fils , ne ſont pas ſans eſpoir.

D'un Frere qui te bleſſe examine la vie :
Si c'eſt à ſa vertu que tu portes envie ,
Venge-toi, je le veux.

C A I N *vivement.*

Comment ?

A D A M.

En l'imitant ;
En balançant ſes vœux auprès du Tout-puiſſant ;
En portant à l'autel une ardeur auſſi pure ,
Un cœur auſſi jaloux d'honorer la nature ;
En rendant, ſi tu peux, Abel même envieux
Des biens qu'en ta faveur nous obtiendrons des Cieux.

C A I N *d'un ton plus radouci.*

Ah ! ne me flatez pas d'une vaine eſpérance :
Je me connois, Adam ; je connois l'impuiſſance
Des vœux qu'à l'Eternel je pourrois adreſſer.
(ᵃ) Malheureux ! Je ſuis né pour vous faire verſer
Des pleurs continuels, ſans pouvoir en répandre.

M É H A L A *à Adam,* *vivement.*

Mon Pere, pourſuivez : il eſt près de ſe rendre.

(ᵃ) « Pour pleurer comme » mon Frere, il faudroit que » je fuſſe plus efféminé que » je ne le ſuis..... Je ne puis » pas commander à mes lar- » mes de couler ». *Poëme de* M. Geſſner, *page* 153.

D iij

A D A M *avec beaucoup de tendreſſe.*

Hé bien, mon Fils, hé bien ! renferme ta douleur :
Que tes pleurs détournés retombent ſur ton cœur.
Ah ! pourvu que ton Pere apprenne de ta bouche
Qu'un ſecret repentir te pénétre, te touche ;
Qu'importe que tes yeux démentent ce récit ?
Pour un Pere indulgent ta parole ſuffit.

C A I N *après avoir rêvé un moment.*

Je vous ſuis à l'autel.

M É H A L A *tranſportée.*

O Caïn, quelle joie !

***

S C E N E I V.

A D A M , C A I N , M É H A L A , T H I R Z A.

M É H A L A *continuant.*

Accours, chere Thirza ! Caïn n'eſt plus en proie
Au coupable tranſport qui tantôt l'agitoit.
Il fuyoit ce ſéjour, hélas ! il me quittoit :
J'arrive : mes Enfans, mon Pere, & Dieu, ſans doute,
Diſſipant par degrés les maux que je redoute,
Attendriſſent ſon cœur. Ce ſoir même avec nous ,
Caïn va prendre part aux vœux de ton Epoux.

T H I R Z A.

Ah ! Dieu !

C A I N.

Je fuis touché : je n'ai pu m'en défendre.
Auprès d'Eve & d'Abel , mes Fils , allez vous rendre.
  (*A Méhala*).
Et toi qui m'as vaincu par de tendres efforts ,
Viens , avant qu'à leurs yeux j'étale mes remords ,
M'aider à recueillir mon ame encor troublée
Des reproches amers dont tu l'as accablée.

S C E N E V.

A D A M , T H I R Z A.

T H I R Z A.

J'AI peine à concevoir ce changement foudain.
Quoi ? mon Frere eft touché ! Quoi ? je verrai Caïn
Vers un Dieu qui pardonne élever des mains pures ,
Et de fon cœur jaloux réparer les murmures !
Je verrai, dans ce cœur Abel juftifié ,
Recouvrer tous les droits de la tendre amitié !

A D A M *attendri.*

Oui , ma Fille , le Ciel , qui te conferve un Pere ,
Met le comble à fes dons en te rendant ton Frere.

                    D iv

Le Ciel daigne calmer mon plus cruel ennui :
Caïn, à mes Enfans s'uniſſant aujourd'hui,
Ainſi que leurs vertus, va partager ſes graces.
   (*A part*).
Dieu, qui rends, quand tu veux, nos larmes efficaces,
Conſomme ton ouvrage.

T H I R Z A.

        O Ciel ! s'il eſt ainſi,
Si nos vœux en ce jour nous ont tous réuſſi,
Nous devons au Seigneur un double ſacrifice.
Eve a tout diſpoſé pour bénir ſa juſtice :
Mais, hélas ! en faiſant ces ſolemnels apprêts ;
L'abſence de Caïn excitoit ſes regrets.

A D A M.

Ah ! je vais lui conter quelle faveur nouvelle
Le Ciel répand ſur nous.

T H I R Z A.

        Je vous ſuis auprès d'elle.

S C E N E   V I.

THIRZA *feule.*

Qui me retient ? Pourquoi n'ofé-je qu'en tremblant
D'un auffi doux tranfport fuivre le mouvement ?
Pourquoi, lorfqu'avec nous il fe reconcilie,
De Caïn contre Abel redouté-je l'envie ?
Je ne fçais : mais tantôt un horrible deffein
Vingt fois m'a femblé près d'échapper de fon fein.
Eh ! qui fçait jufqu'où va l'oubli de la nature ?
Hélas ! Adam lui-même, Adam qui me raffure ;
N'a-t-il pas de fon Fils éprouvé la fureur ?
Caïn, même appaifé, me remplit de terreur.
Mais que craindre ? Son cœur s'acquitte envers un Pere :
Je n'en dois point douter, fon retour eft fincere.

S C E N E   V I I.

E V E , T H I R Z A.

E V E.

Qui t'arrête en ces lieux ? Abel impatient,
Voulant faire au Seigneur agréer fon préfent,
A déjà couronné fa victime choifie :
Et Méhala bientôt, de ton Frere fuivie,

Si j'en crois leurs Enfans, viendra fe joindre à nous.

THIRZA.

(*A part*).

Allons. Daigne , grand Dieu ! veiller fur mon Epoux.

(*Elle fort*).

EVE *feule*.

Quels gages te donner de ma reconnoiffance ,
Dieu clément ! Ta bonté paffe mon efpérance.

SCENE VIII.

EVE, MÉHALA.

MÉHALA *confternée*.

MES malheurs font comblés: tout eft perdu pour moi.
Du Ciel qui le pourfuit la rigoureufe loi
Vient d'ôter à Caïn fa derniere reffource.

EVE.

Dieu !

MÉHALA.

La foudre n'eft pas plus prompte dans fa courfe
Que tant de châtimens accumulés fur nous.

EVE.

Acheve : quels font-ils ?

MÉHALA.

Ma Mere, peignez-vous
D'un facrifice affreux l'horreur encor préfente :
Caïn fort de ces lieux , & , contre mon attente ,
Veut facrifier feul à ce Ciel irrité :
Laiffons, laiffons, dit-il, Abel de fon côté ,
Adreffer au Seigneur une offrande agréable ;
Et voyons fi , pour moi Dieu las d'être implacable ,
Honorera mes dons d'une entiere faveur.
A ce brufque difcours, je fens que dans fon cœur
Caïn n'a point encore éteint la jaloufie :
Je n'ofe cependant combattre fon envie.
(ᵃ) Quelques fruits, qu'au hazard il avoit ramaffés ,
Par fes coupables mains font à peine embrafés ,
Soudain l'air s'obfcurcit , & les buiffons s'agitent ;
Sur l'autel enflammé les vents fe précipitent :
Et de feux dévorans Caïn enveloppé ,
Semble être à mes regards de la foudre frappé.
(ᵇ) Il fuit ; & , fur fes pas tandis que je me traine ,
La flamme en tourbillons le pourfuit dans la plaine.

(ᵃ) « De fon côté Caïn mit » des fruits de fes champs fur » fon autel , alluma fon fa- » crifice , & fe profterna de- » vant fon autel ; auffi-tôt les » buiffons s'agiterent avec un » bruit épouvantable, un tour- » billon diffipa en mugiffant » le facrifice , & couvrit le » malheureux de flammes & » de fumée ». *Poëme de M.* Geffner , *pages* 177 & 178.

(ᵇ) « Il s'en retourna à tra- » vers la nuit ; le vent furieux » chaffoit encore après lui la » fumée infecte du facrifice ». *Ibidem , page* 179.

Elle ceffe ; & la nuit, plus fombre en ce moment,
Dérobe mon Epoux à mon empreffement.
Ses lamentables cris, devenus mes feuls guides ;
Bientôt ne frappent plus mes oreilles timides.
J'erre autour de ces lieux ; & je vous trouve enfin ;
Et je puis dépofer mes pleurs dans votre fein :
Ah ! Dieu !

E V E.

Que je te plains, ô ma Fille !

M É H A L A.

O ma Mere !
Non, il n'eft plus pour moi de bonheur fur la terre.
Mais où porter mes pas ? Où retrouver Caïn ?
Ah ! peut-être la foudre.....

S C E N E   IX.

EVE, CAIN, MÉHALA.

C A I N.

O barbare deftin !

E V E.

Je l'entends.

M É H A L A *côurant à lui.*

Cher Epoux !

C A I N *la repouſſant.*

Evite ma colere,
Va jouir loin de moi du bonheur de ton Frere :
Fuis. C'eſt toi qui me perds : c'eſt toi qui par tes pleurs
A retenu mes pas que je tournois ailleurs.
Je partois moins haï, peut-être moins coupable,
Moins chargé du courroux de ce Ciel qui m'accable.
Fuis, te dis-je, perfide ! Il m'en a trop coûté
De t'avoir obéi.

M É H A L A.

Dieu ! quelle cruauté !

C A I N.

Tu m'as trahi deux fois : deux fois ta douleur feinte ;
Impoſant à mon cœur une indigne contrainte,
M'a forcé de courir au devant de l'affront
Dont la haine du Ciel vient de couvrir mon front.
Soit que j'aille à ſes pieds l'implorer pour un Pere ;
Soit que, voyant Abel deſarmer ſa colere,
Pour le bonheur d'autrui j'offre à Dieu des préſens ;
Ce Dieu ne me répond que par des châtimens.
A tes lâches conſeils je ne veux plus me rendre.

E V E.

O mon Fils !

C A I N *avec fureur.*

Laiſſez-moi : je ne veux rien entendre.

Fuyez un noir courroux , qu'à peine je retiens.
Je vous rends votre amour , je brife nos liens.

M É H A L A *éperdue.*

Ciel! ô Ciel! je ne puis furvivre à tant de rage :
Je me meurs.

(Eve fort en foutenant Méhala).

S C E N E X.

C A I N *feul.*

Dieu cruel! contemple ton ouvrage :
Vois un foible mortel, jouet de ton courroux,
Oubliant les devoirs & de Fils & d'Epoux,
Et réduit à venger, quand ta main l'abandonne,
Tes injuftes mépris fur ce qui l'environne.
N'as-tu plus en ces lieux de foudres à lancer ?

(Le fond du théâtre paroît éclairé par la
flamme d'un facrifice).

(ᵃ) Quel fpectacle nouveau vient encor me bleffer !

(a) « Cependant en pro-
» menant fes regards, il vit
» dans la campagne les flam-
» mes du facrifice de fon Frere,
» qui s'élevoient en tournoyant
» dans les airs. Défefpéré par
» cette vue, il tourna fes re-
» gards ailleurs, & dit en grin-
» çant des dents : Le voilà le
» Favori qui offre fon facrifi-
» ce. Fuyez , mes yeux , ce
» fpectable outrageant : fi j'en
» étois plus long-tems le té-
» moin, toute la rage des En-
» fefs eft dans mon cœur, non
» je ne pourrois pas m'abftenir
» de maudire d'une voix trem-
» blante cet objet de prédilec-

Les ombres de la nuit tout-à-coup s'éclairciſſent :
Ah ! ce n'eſt que pour moi que les Cieux s'obcurciſſent.
J'apperçois un feu pur qui s'éleve dans l'air :
Les vents ſont ſuſpendus. ... C'eſt cet Abel ſi cher,
C'eſt ce lâche, dont Dieu reçoit le ſacrifice :
Sa haine à mes regards réſervoit ce ſupplice.
Acheve, Dieu terrible ! arrache-moi le cœur ;
Ou ſauve ton Abel de ma juſte fureur.
Je ne me connois plus. L'Enfer eſt dans mon ame.
(ª) Un ſpectre affreux m'attire en des torrens de flamme !
Que vois-je ! Des ſerpens, qu'il preſſe dans ſa main,
Repliés vers mon cœur, y lancent leur venin. ...
Un gouffre eſt entr'ouvert, où d'un bras homicide,
Sur des traces de ſang ce phantôme me guide.
Arrête. ... Je te fuis : mais je veux entraîner
Ce Favori que Dieu s'obſtine à couronner.

» tion : mais tournons notre » fureur ſur nous-mêmes. Ve- » nez, ô mort, ô deſtruction, » venez finir les maux d'un » infortuné. .... O Dieu, laiſſe » fléchir ta colere, ou me » replonge dans le néant ». *Poëme de M. Geſſner, pages* 179, 180 & 181.

(ª) « Je vois. .... des tour- » billons de flamme s'élevet » de l'Enfer ! Comme les Dé- » mons jettent leurs regards » ſur moi ! .... Ah ! triom- » phez, Eſprits de ténebres, » ſoyez contens : on ne peut » pas être plus malheureux que » je le ſuis ». *Ibidem, pages* 233 & 234.

SCENE XI.

CAIN, ABEL.

ABEL *fans voir Caïn.*

Dieu! pourquoi ta bonté fur moi s'épuife-t-elle?
J'efpérois partager cette grace nouvelle
Avec un Frere, hélas! dont je plains le tourment:
Tu n'as pas attendu que fon cœur pénitent
Vint s'unir à nos cœurs pour bénir ta juftice.

(Appercèvant Caïn).

O mon Frere! As-tu fait à Dieu ton facrifice?
Réponds.

CAIN.

Non, lâche, non: la victime eft ici;
Et je vais l'immoler.

*(Il court arracher un des foutiens de l'autel qui eft
fur le théâtre, & pourfuit Abel).*

ABEL *fuyant dans la couliffe.*

O Dieu! pardonne lui.

CAIN *derriere le théâtre.*

Meurs, perfide!

ABEL.

O Caïn!

CAIN.

C A I N.

Meurs.

A B E L *d'une voix mourante.*

Arrête : ô mon Frere !

(^{a}) (*Le tonnerre gronde avec violence*).

C A I N *revenant fur le théâtre.*

Impitoyable Dieu ! que me veut ta colere ?
(*D'une voix altérée*).
Meurtrier de celui que tu chériffois tant,
J'attends, j'attends la mort pour dernier châtiment :
Frappe : ou, fi jufques-là tes mains me font avares,
Je cours livrer mon cœur à mes Parens barbares.

SCENE XII.

A B E L *feul, fe traînant fur le théâtre.*

Dieu ! détourne les yeux de deffus mon trépas,
Du crime de Caïn, Dieu, ne t'irrite pas.
N'en étends pas du moins la peine fur fa race :
Permets, permets qu'un jour le repentir l'efface.
Prends pitié de mon Frere. Epargne à mes Parens

(^{a}) « Trois fois le ton- | » élevées du Ciel ». *Poëme de*
» nerre retentit fous les voûtes | *M.* Geffner, *page* 210.

E

La douleur de le voir traîner des jours errans,
Blafphêmer ton faint nom, creufer l'horrible abyme
Qu'entr'ouvre fous fes pas l'excès d'un dernier crime.
Si, tant que j'ai vêcu, mes pleurs t'ont attendri,
De mon fang, quand je meurs, n'écoute point le cri.
Entends mes vœux encore; & pour faveur derniere,
Pardonne, Dieu clément, à la main meurtriere
Qui, penfant fe venger, rejoint Abel à toi......
Soutiens auffi Thirza, qui va pleurer fur moi :
Raffermis fa vertu, ranime fon courage.

Mes regards affoiblis fe couvrent d'un nuage ;
Mon ame vers fon Dieu s'apprête à retourner......

SCENE XIII.

CAIN, ABEL.

A B E L *continuant, en regardant fon Frere.*

Périrai-je, Caïn, fans t'avoir vu donner
Des larmes à ma mort ?

C A I N *ému.*

Ciel! Il pâlit : mon Frere !
Je reviens égaré, fans deffein, fans colere.....
Dieu m'a parlé.... Mon cœur pour la premiere fois
De la nature, hélas ! entend la trifte voix.

Loin de moi , bois fatal , inftrument déteftable !

(*Il jette l'inftrument de fon crime*).

Abel....., que vas-tu dire au Juge redoutable ?.....

A B E L *tendrement.*

(ᵃ) Mon Frere !

C A I N *pénétré.*

Ah ! Dieu !

A B E L.

Je meurs ; & j'ai vu tes remords.

(*Il expire*).

C A I N *défefpéré.*

Il n'eft plus !.... Quel Démon a guidé mes tranfports ?
Sortez tous des Enfers , noirs Efprits dont la rage
Du Très-Haut par mes mains anéantit l'ouvrage ;
Sortez : difputez-vous ce cœur défefpéré ;
Et qu'en lambeaux fanglans tout mon corps déchiré ,
Malgré ce Ciel vengeur , devienne votre proye.

(*Se jetant fur le corps d'Abel*).

(ᵇ) Mon Frere ! vois enfin les pleurs où je me noye.

(ᵃ) « Abel tourna encore une fois fes regards fur fon Frere, le pardon peint dans les yeux,& mourut ». *Poëme de M.* Geffner , *page* 204.

(ᵇ) « Du moins à préfent , voilà que je commence à pouvoir pleurer ; je ne le pouvois pas auparavant : voilà que mes larmes coulent en abondance ». *Ibid. page* 311.

A mes féroces yeux, jusqu'alors desséchés,
Quand je n'ai plus d'espoir, des pleurs sont arrachés. !
Ce sont des pleurs de sang.

*(Il s'appuye contre un des berceaux, dans
un coin du théâtre).*

SCENE XIV & *derniere.*

ADAM, EVE, CAIN, MÉHALA, THIRZA.

MÉHALA *avançant lentement.*

C'ETOIT vers ce lieu-même
Que ces feux éclatoient ; & ma crainte est extrême

(Appercevant la massue).

Que Caïn foudroyé..... Ciel ! du sang ! Je frémis :
Ah ! mon Epoux est mort !

ADAM.

Avançons.

MÉHALA,

Je ne puis.

EVE *appercevant le corps d'Abel.*

Ce n'est point ton Epoux : c'est mon Fils.

ADAM.

Dieu ! qu'entens-je ?

T H I R Z A.

Abel ! Abel n'eſt plus !

(*Elle tombe évanouie près du corps d'Abel*).

M É H A L A *avançant précipitamment.*

Quelle infortune étrange !
Le coupable triomphe & l'innocent périt !

A D A M.

En croirai-je mes yeux ? celui que Dieu chérit.....

E V E.

Abel eſt mort ! ô Ciel ! .... Quelle main exécrable
A commis en ces lieux ce meurtre abominable ?

C A I N *d'une voix ſanglotante, en avan-*
çant au milieu d'eux.

(ᵃ) C'eſt moi, c'eſt moi. Tremblez : reconnoiſſez Caïn.
Sa fureur a verſé le premier ſang humain.

A D A M.

Ciel ! Et tu vis encore !

M É H A L A.

Aſſaſſiner ton Frere !

E V E *troublée.*

Acheve , malheureux ! égorge auſſi ta Mere.

(ᵃ) « C'eſt moi qui l'ai tué, | »moi ». *Poëme de M.* Geſſner
» s'écria-t-il , tremblez : c'eſt | *page* 241.

E iij

Le voilà donc rempli ce projet abhorré
Que m'annonçoit tantôt ton esprit égaré !
(*Courant au corps d'Abel*). (*Revenant vers ses Enfans*).
O mon Fils! mon cher Fils...Eve a tout fait...C'est elle...
(a) Mes Enfans, oui, c'est moi par qui la mort cruelle...
　　(*Courant à Thirza, revenue à elle*).
Ton Epoux ne vit plus : ton Frere est l'assassin !
　　　　(*Thirza retombe évanouie*).

C A I N *à Thirza.*

Ton Epoux est vengé : le Ciel proscrit Caïn.
(b) Je fuis : aux châtimens je vais offrir ma téte.
　　　　　(*Se jetant aux pieds d'Adam*).
(c) Je fuis désespéré..... Votre courroux m'arrête :
Que j'emporte en fuyant, un regard de vos yeux.
Je ne fuis plus, hélas ! ce Caïn furieux,
Qui blasphémoit le Ciel, qui bravoit le tonnerre.
　Ce généreux mortel, cet adorable Frere,

(a) « O remords cuisans ! » O tourmens inexprimables !......, C'est moi qui ai péché la premiere. O mon Fils ! mon Fils ! ton sang s'éleve contre moi ; il m'accuse, Mere infortunée que je suis » ! *Poème de M.* Gessner, *pages* 245 *&* 246.

(b) » Je vais fuir.... Je vous quitte pour jamais, chargé de la malédiction de « Dieu », *Ibidem,* page 338.

(c) « Oui, je vais fuir loin de vous ; mes yeux noyés dans les pleurs ne vous verront plus que quelques instans : mais permettez-moi de verser encore quelques larmes, & d'élever ces mains sanglantes vers le Ciel pour vous bénir..... Puissiez-vous oublier pour jamais celui dont l'image fait votre supplice » ! *Ibidem, pages* 317 *&* 318.

Dont j'ai connu trop tard la vertu, l'amitié,
Il eſt mort en jetant des regards de pitié
(*Se relevant*).
Sur moi..... J'en ſuis encor plus digne de colere.
Je laiſſe auprès de vous l'Epouſe la plus chere,
Pour attendrir vos cœurs ſur mon malheureux ſort,
Pour vous faire oublier que la premiere mort,
Que la mort de mon Frere eſt mon cruel ouvrage.

MÉHALA.

Tu me laiſſes ! .... (ᵃ) Malgré tout l'excès de ta rage,
Malgré le juſte éclat du céleſte courroux,
Mon devoir eſt encor de ſuivre mon Epoux :
Un Epoux aſſaſſin, l'horreur de la nature !
Ton nom va devenir une éternelle injure
Pour tes Fils.... Mais je dois reſpecter tes remords.
Viens, barbare, expier tes horribles tranſports :
Fuyons ; & que m'offrant avec toi pour victime,
Dans l'abandon affreux que mérite ton crime,
Quelqu'un du moins partage & tes maux & tes pleurs.

(ᵃ) « Meurtrier du meilleur des Freres, il faut encore que je te reconnoiſſe pour mon Epoux. ... Tu veux fuir dans des régions déſertes : ah ! comment pourrois - je demeurer dans ces cabanes, tandis que ſolitaire & abandonné, tu te déſolerois loin de moi ? .... » Non, Caïn, je veux fuir avec toi, je veux te ſuivre avec nos Enfans dans les déſerts, me déſoler avec toi, porter une partie de ta miſere : ce ſera autant de ſoulagement pour toi ». *Poëme de M. Geſſner, pages* 337, 339, 340 *&* 341.

E iv

(*A ſes Parens*).

Adieu .... S'il eſt poſſible , oubliez les fureurs
D'un monſtre dont la rage ôte un Fils à ſon Pere ,
Un Epoux à ſa Sœur , à ſon Epouſe un Frere.

Fin du troiſieme & dernier Aƈte.

MORCEAUX

Qu'il a fallu retrancher du corps de la Piéce, pour la réduire en trois Actes.

Quand on préfente au Public un ouvrage imité d'une production étrangere, qui a le fceau de fon approbation, on eft en quelque forte tenu de fatisfaire fa curiofité fur toutes les parties de cette imitation. Et s'il arrive que, par une raifon d'œconomie relative au plan qu'il s'eft formé, l'Ecrivain imitateur fe foit vu forcé de retrancher du corps de l'ouvrage, après en avoir travaillé également tous les morceaux, quelques membres, qui, pris à part, peuvent encore aider à le comparer avec fon modele ; bien loin de le blâmer du defir de les faire connoître, on doit lui fçavoir gré au contraire de les offrir à fes Lecteurs, puifqu'il leur fournit par-là un moyen de plus de le juger. C'eft ce qui m'a déterminé à placer à la fuite de mon Drame, quelques tirades que j'ai été obligé de facrifier, pour le réduire en trois Actes. Je prie mes Lecteurs de ne point attribuer ce foin à un amour déréglé pour tout ce qui fort de ma plume, & de regarder plutôt comme une preuve de mon refpect pour le Public, l'attention que j'ai de lui mettre fous les yeux jufqu'aux moindres piéces qui peuvent le guider dans fon jugement.

Scêne III. du II. Acte. Au lieu de repréſenter Abel allant de ſon propre mouvement implorer le Ciel pour ſon Frere, je faiſois arriver Méhala, pendant qu'il étoit encore ſur la Scêne ; & elle lui adreſſoit du ton le plus pathétique le diſcours ſuivant :

O toi, de qui la bouche
Eſt digne d'adoucir l'orgueil le plus farouche ;
Toi, qui du joug des ſens ſçait dégager ton cœur ;
Toi, que le Ciel chérit : prends pitié de ta Sœur,
Cher Abel ! A l'inſtant Caïn vient de m'apprendre
Que le Ciel à tes vœux s'eſt hâté de ſe rendre :
L'infortuné Caïn, par Abel prévenu,
Sans doute, trop jaloux d'un bien qui t'étoit dû,
Dans un antre, où ſes cris ont conduit ſon Epouſe,
Se livre avec tranſport à ſa fureur jalouſe,
Et, ſemblant oublier que ſon Pere eſt ſauvé,
Se ſouvient ſeulement qu'Abel a triomphé.
Je ne viens point ici t'aigrir contre ton Frere :
Je ſçais qu'Abel eſt juſte, & qu'il voit ſans colere
Ce trouble impérieux, toujours prêt d'éclater,
Que Caïn vainement s'efforce de dompter.
Mais, lorſque Dieu, touché de ta piété pure,
Change aujourd'hui pour toi l'ordre de la nature,
Suſpend en ta faveur ſes décrets éternels ;
Peu content d'excuſer des tranſports criminels,
Vois quel effort plus beau te reſte encore à faire :
Prête-moi de tes vœux le ſecours ſalutaire ;

Va prier le Seigneur de toucher mon Epoux.
Ah ! de guérir nos maux s'il fe montre jaloux,
Notre ame, que ce Dieu fit femblable à lui-même,
A la premiere part à fa bonté fupréme.

Enfin j'attends d'Abel cet effort généreux.
Pour l'Auteur de fes jours qu'Abel ait fait de vœux;
Que, près de voir Adam fe diffiper en cendre,
Il ait offert à Dieu le zele le plus tendre :
Au plus faint des devoirs il n'a fait qu'obéir ;
Coupable aux yeux de Dieu, s'il eût ofé trahir
La premiere vertu que Dieu mit dans notre ame.
Mais que pour mon Epoux, que la colere enflamme
Quand le Ciel envers nous fignale fon amour ;
Que pour Caïn, qui perd tout le fruit qu'en ce jour
Procure à notre cœur cette grace infinie ;
Que pour un Fils d'Adam, tourmenté par l'envie;
Que pour fon Frere enfin, dont le cœur abbatu
Gémit de ne pouvoir atteindre à fa vertu;
Abel, touché des pleurs que je répands fans ceffe,
Plein d'une ardeur divine, au Tout-puiffant s'adreffe;
Que l'Eternel, çédant à tant de piété,
Rende au cœur de Caïn toute fa pureté :
Voilà, voilà l'excès de vertu, de tendreffe,
Digne de mon amour, digne de ta fageffe.

Scêne VI. du même Aɛte, après ces mots : *ma Fille,*
je le plains ; Adam continuoit ainfi :

Même au fond de mon cœur peut-être quelque reste
De ce coupable orgueil , à ma race funeste,
Sans l'exemple d'Abel , m'eût aveuglé fur lui :
Mais , quand je vois Abel triompher aujourd'hui
Par un zele empreffé, mais foumis & modeste ;
Et Caïn irritant la colere célefte ,
Portant à l'autel même un front audacieux ,
S'indigner que le Ciel rejette un furieux ,
Qui l'ofe blafphêmer en lui demandant grace ;
De Caïn dans mon cœur Abel a pris la place.

MÉHALA.

Jufte Ciel ! quel arrêt ! & qu'Abel eft heureux!
Je ne difconviens pas qu'à ce Fils généreux
Tant d'amour ne foit dû : ce qu'il fait pour fon Frere ,
Si j'ofois murmurer , m'ordonne de me taire :
Abel , touché des cris de ma jufte douleur ,
En faveur de fon Frere implore le Seigneur.
Vous feul me faites voir un courroux implacable :
Ah ! c'eft trop me prouver combien je fuis coupable,
Si dans mon noir chagrin , fous des traits odieux
Je n'avois pas montré tout Caïn à vos yeux ;
Excufant des tranfports dont fon cœur n'eft pas maître ,
Adam , moins irrité , plaindroit fon Fils peut-être :
J'ai moi-même effacé Caïn de votre cœur.

ADAM.

Ma Fille , je n'ai point la barbare rigueur

D'abandonner mon Fils à son sort déplorable.

ENSUITE venoit une Scène qui terminoit cet Acte,
& que je vais transcrire toute entiere.

E V E *arrivant éplorée.*

Je n'espere plus rien de ce cœur indomptable :
C'est Dieu même à présent qu'ose outrager Caïn.
    Dieu, dit-il, dans son cœur a versé le venin
De l'horrible Serpent par qui je fus séduite :
Ce poison, dans sa race épanché par la suite,
Remplira les mortels d'incroyables fureurs.
(ª) Un songe (je ne sçais, Adam, s'ils sont trompeurs,
Je ne sçais si Caïn fait un recit fidele)
Un songe cette nuit, de la race mortelle
Présentant à Caïn le plus affreux tableau,
A noirci l'avenir dans son triste cerveau :
Il a vu les humains, tous nés du même Pere ;
Tous Freres, tous égaux, pour partager la terre,
Forger avec le feu mille instrumens de mort,
S'égorger de sang-froid, ne céder qu'au plus fort ;
Et celui-ci, comptant ses sanglantes victimes,
S'applaudir devant Dieu du nombre de ses crimes.
Il a vu ces Lions, de carnage altérés,
Forçant de leurs pareils les aziles sacrés,

(ª) Je développois ici, comme l'on voit, ce songe, dont Caïn ne fait qu'un récit très-succinct dans la VII. Scêne du II. Acte de ma Piéce, & que j'ai substitué à celui que M. *Geſſner* raconte *page* 188. *& suivantes.*

Affouvir fans pitié leur rage fanguinaire,
Ecrafer les Enfans fur le fein de leur Mere ;
Ou, fi ces malheureux ofoient à leur effort
De leur dernier azile interdire l'abord,
Les forcer par la faim d'outrager la nature,
De chercher dans leur fang une horrible pâture ;
De dévorer, hélas ! les membres déchirés
De leurs propres Enfans, par leurs mains maffacrés.
Non, je ne croirai pas qu'à des forfaits femblables
L'homme pouffe jamais fes fureurs déteftables :
Caïn nous en impofe, ou fon fonge eft menteur.

MÉHALA.

Chaque mot m'épouvante & déchire mon cœur.

(*A Adam*).

Voilà ce fonge auquel j'ai cru le voir en proie :
Préfage douloureux que le Ciel nous envoie !
D'une fecrette horreur il pénétre mes fens :
Ah ! je n'oferai plus embraffer mes Enfans.

Si mon fang eft encor digne de ta clémence,
Dieu jufte, de leur cœur conferve l'innocence.

ADAM.

(ª) Que de maux Caïn cherche à nous faire éprouver !
Mais moi-même à mon tour je veux l'aller trouver :

(ª) « Je veux, je veux..... » me pourront fuggérer. Caïn !
» moi-même l'aller trouver aux » Caïn ! Ah ! que tu remplis
» champs. Hélas ! je lui dirai » mon ame de foucis cui-
» tout ce que mon amour pa- » fans » ! *Poëme de M.* Geffner,
» ternel, tout ce que la raifon *page 22.*

Je verrai fi, touché des larmes paternelles,
Contenant devant moi fes fureurs criminelles,
Docile à mes avis, fenfible à mon amour,
Rendant graces à Dieu des bienfaits de ce jour,
Et tombant aux genoux d'Abel & de fon Pere,
Il défarme le Ciel par un retour fincere.

MÉHALA *vivement.*

Vous me rendez la vie. O mon Pere, achevez.
Je tremblois pour vos jours, & vos jours font fauvés :
Dieu, fans doute, a jugé qu'il étoit néceffaire
Qu'Adam vêcût encor pour l'aimer, pour lui plaire,
Pour plier à fon joug un Fils infortuné,
Un Fils qui fe perdra, s'il eft abandonné.
Venez. Chere Thirza, protege auffi ton Frere,
Seconde les efforts d'Abel & de ta Mere.
  Ta foudre maintenant peut gronder dans les airs,
Dieu ! j'entoure Caïn de cœurs qui te font chers.

  Ainsi finiffoit cet Acte que j'ai fondu avec le troi-
fieme, & dont j'ai retranché cette Scêne pour ame-
ner tout de fuite l'arrivée de Caïn.

  Scêne *VII. du II. Acte.* Au lieu de cette apoftro-
phe d'Adam à Caïn : *De ton Frere & de toi telle eft
la différence,* &c. Je faifois dire à Eve :

De ton Frere & de toi connois la différence ;
Vois fi Dieu fans raifon punit & récompenfe :

Dès l'âge le plus tendre , Abel avec ardeur
Entre le Ciel & nous a partagé son cœur.
Il s'est habitué , frappé de ses ouvrages,
A rendre au Créateur les plus humbles hommages ,
A respecter son bras sur l'homme appesanti ,
A sonder le néant d'où le monde est sorti ;
Et mettant les bienfaits à côté de l'offense ,
A bénir mille fois le Ciel de sa clémence.
Tel Abel à nos yeux en tous tems s'est montré ,
Digne de recueillir le fruit inespéré
Des vertus dont en vain il t'a donné l'exemple.

C A I N *d'un ton audacieux.*

Cessez de le vanter , vous......

M É H A L A *l'interrompant.*

Arrête : & contemple
Ceux qu'avec tant d'audace ose outrager Caïn.
Barbare ! c'en est fait : l'amour fuit de ton sein.
L'ame de mon Epoux , rebelle à la nature,
S'obstine à rejeter cette impression pure ,
Par qui Dieu , qui voulut à leurs yeux se cacher,
Du cœur de ses Enfans semble se rapprocher.
Qu'Abel connoît bien mieux le respect , la tendresse
Que nous impose à tous la divine Sagesse !
Reconnoissant , soumis , humble dans ses discours,
Il compte les vertus des Auteurs de ses jours ,

Et ,

Et, n'entreprenant point fur les droits de Dieu-même,
Abandonne le refte à ce Juge fuprême.
Il fait plus : tu le hais, tu noircis fa vertu ;
Et jaloux d'un bonheur, que tu crois qui t'eft dû,
Les biens dont Dieu le comble excitent ta colere :
Il te pardonne ; il vole au fecours de fon Frere ;
Et, voyant que la foudre eft prête à te punir,
Il conjure le Ciel de ne te point haïr ;
D'appaifer les accès de ton humeur auftere,
De pénétrer ton cœur d'un repentir fincere ;
D'arracher à tes yeux ces pleurs, ces tendres pleurs
Qui du Ciel irrité moderent les rigueurs ;
Ces gages précieux de fa clémence extrême,
Dont il nous a daigné munir contre lui-même.

Acte III. Le quatrieme & le cinquieme font fon-
dus dans ce dernier. Je commençois le quatrieme
par deux Scênes que voici.

SCENE I.

ADAM, EVE.

EVE.

D'ou peut naître en mes fens ce trouble inconce-
 vable ?
Mon cœur réfifte à peine à l'ennui qui l'accable.

F

ADAM.

Caïn contre fon Frere enfin moins courroucé,
Doit foulager le poids de ton cœur oppreflé.
Si Dieu, qui veut fans doute éprouver ton courage,
N'a pas entierement diffipé le nuage
Que fur nos triftes jours Caïn vient de former,
A fa volonté fainte il faut fe conformer.
(ª) Dieu, pour nous autrefois prodigue de fes graces,
Nous faifant éprouver l'effet de fes menaces,
Ne nous accorde plus que des biens imparfaits.
Heureux! heureux encor, qu'écoutant nos fouhaits,
Il daigne en nous donnant des marques de clémence,
D'une entiere bonté nous laiffer l'efpérance!

EVE.

Et quel efpoir encor peut-il donc me refter?
A quel funefte prix faudra-t-il l'acheter?
De l'effroi de ta mort à peine revenue,
Par un Fils criminel je me vois confondue.
Je l'entends qui prédit à tous nos Defcendans
D'infâmes trahifons, des triomphes fanglans.
Devant moi le barbare ofe outrager fon Pere,
Ofe fe déclarer l'ennemi de fon Frere,

(ª) « O Epoufe tendrement chérie, ne rendons pas par des reproches amers nos maux plus amers encore; nous en avons tous deux mé- rité bien plus que nous n'en fouffrons; notre Dieu en nous puniffant, a tempéré fes ven- geances par des promeffes ». *Poeme de M. Geffner, page 55.*

Vomit contre le Ciel des blafphêmes affreux ,
S'appaife en murmurant ; & laiffe dans fes yeux
Eclater un courroux qui ne peut plus s'éteindre :
Que te dirai-je enfin ? Il a beau fe contraindre ,
Caïn me fait trembler pour Abel & pour toi :
Un noir preffentiment me trouble malgré moi.
Le cruel n'a-t-il pas dans fes plaintes ameres,
De fon cœur ténébreux dévoilé les myfteres ?
Je ne fçais , cher Epoux, quel horrible deffein
Paroiffoit près tantôt d'échapper de fon fein.
Il pourroit par l'excès de fa coupable audace,
Laffant enfin le Ciel , combler notre difgrace.

A D A M.

Que crains-tu de Caïn, qui, fi fes vœux déçus
Par le courroux du Ciel font encor confondus ,
Perfifte à détefter ce féjour qu'il profane,
A l'exil aujourd'hui lui-même fe condamne ,
Veut dans des lieux déferts porter fon repentir ?

E V E.

Crois-tu que Méhala le laiffera pártir ?
Et nous-mêmes, malgré fa fombre jaloufie ,
Laifferons-nous un Fils.....

A D A M.

Ah ! qu'il parte, qu'il fuie !
Sa préfence a déjà trop fatigué mes yeux.

Je fuis Pere ; & je fens que , s'il refte en ces lieux ,
Dieu, qui femble imprimer avec ce caractere ,
Sa bonté dans mon cœur , ainfi que fa colere ,
Peut-être forceroit ma main à le punir.

E V E.

Ah ! Dieu peut-il jamais ordonner de haïr
Les fruits d'une union que lui-même a bénie ?

A D A M.

Non : mais Dieu qui par nous leur a donné la vie ;
Et de qui le pouvoir dès-lors nous eft tranfmis,
Ordonne à nos Enfans de nous être foumis :
Et , fi quelqu'un d'entr'eux , profanant fon image,
Ofe couvrir nos fronts d'un trop fenfible outrage ;
C'eft à des châtimens & féveres & prompts
Qu'il reconnoît alors que nous les chériffons.

E V E.

Dure néceffité de punir ce qu'on aime !
Ah ! du moins imitons la colere fuprême :
Au comble parvenue , elle fe ralentit ;
Elle attend pour frapper , qu'éclairant notre efprit,
Le remords en partie ait réparé l'offenfe ,
Et rende plus légers les traits de fa vengeance.
Quelsque foient les foupçons de mon cœur allarmé,
Ce cœur me dit encor que mon Fils eft aimé ,
Qu'il peut par un remords & prompt & falutaire
Défarmer en ce jour & le Ciel & fon Pere.

A D A M.

Si le Ciel lui pardonne, il eſt encor mon Fils.

E V E *vivement.*

Avant que le ſommeil ſur nos ſens aſſoupis
Epanche un doux repos que la nuit favoriſe ;
Avant que ſur Caïn ſa colere s'épuiſe,
Je veux qu'à l'Eternel, dont le divin ſecours
De tes jours chancelans a raffermi le cours ,
Par un devoir ſacré qu'exige ſa juſtice,
Nos Enfans réunis offrent un ſacrifice :
Je veux qu'à ceux d'Abel Caïn joigne ſes dons.

A D A M.

Allez : puiſſe Caïn , domptant ſes paſſions ,
Vers un Dieu qui pardonne élever des mains pures ,
Et de ſon cœur jaloux réparer les murmures !

S C E N E I I.

A D A M *ſeul.*

Caïn a trop d'orgueil : il craindra que le Ciel,
Implacable pour lui, ne favoriſe Abel.
Eh ! qu'importe à Caïn mon trépas ou ma vie ?
Il n'écoute, il ne voit que ſa jalouſe envie :
Tout autre ſentiment peſeroit à ſon cœur.
Eve ne l'a conçu que pour notre malheur.

F iij

Hélas ! en m'efforçant d'affermir son courage ,
Je redoute comme elle un plus funeste orage.

JE terminois ce quatrieme Acte par une Scêne où Caïn se rendoit compte à lui-même de l'attendrissement qu'il venoit d'éprouver, après la malédiction qu'Adam avoit prononcée contre lui & contre ses Enfans, après le désespoir que cette malédiction avoit causé à Méhala. Je faisois dire à ce scélérat ce qui suit : on verra que M. *Gessner* lui fait dire à peu près les mêmes choses :

C A I N *seul.*

Suis-je en effet touché? (ª) Dieu puissant dont le bras ,
Depuis que je suis né, travaille à ma ruine ,
Puis-je compter enfin sur ta bonté divine ?
Et verrai-je une fois ton courroux ralenti ,
Contre les pleurs d'Abel embrasser mon parti ?
Ah ! rabaisse ce cœur qui s'en fait trop accroire :
Rends Abel à son tour envieux de ma gloire.

(ª) « O Dieu miséricordieux, si tu pouvois étendre ton indulgence sur moi ! Laisse fléchir ta colere , ou me replonge dans le néant... Mais que dis-je, cœur endurci que je suis !.. Mes iniquités s'élevent au-dessus de ma tête, & te crient vengeance, ô Dieu juste ! que ta vengeance est juste aussi ! Plus on s'éloigne des voies de la perfection & de la sagesse, plus on devient malheureux. Il faut bien que je sois coupable, puisque je suis malheureux. Je les quitterai ces voies perverses. Détourne tes yeux, ô mon Dieu, de dessus mes iniquités passées. Préserve-moi d'en commettre de nouvelles. Prends pitié de moi, ô mon Dieu ! ou........ anéantis-moi ». *Poëme de M.* Gessner, *pages* 181 & 182.

Il eft tems d'éclairer mes crédules Parens,
Toujours prêts à fubir de nouveaux châtimens,
Ofant t'attribuer une éternelle haine,
Mefurant à nos pleurs ta grandeur fouveraine. . . .

 Mais que fais-je ? Peut-être, aigriffant ton courroux,
En te juftifiant, je hâte encor tes coups.
Eh ! bien, éclaire donc cette ame qui t'ignore ;
Et dis-moi ce qu'en toi tu veux que l'on adore :
Je compte tes bienfaits.... Nos maux font infinis.

 Je m'égare : eft-ce à moi d'ofer mettre le prix
A la faveur d'un Dieu qui créa la lumiere,
Qui daigna de fon fouffle animer ma pouffiere,
Qui d'un mot fit fortir l'Univers du néant ?
Il ne nous devoit rien. Si fon bras tout-puiffant
A pour punir Adam dégradé la nature,
Le monde exifte encore : & ma bouche murmure !
Que je fuis malheureux ! Je fens que la vertu
Ne peut plus s'affermir en mon cœur corrompu.
Pernicieux effet du crime de mon Pere,
Que prétend m'imputer la célefte colere !

 Adam, c'eft pour tes jours confervés par le Ciel,
Que Caïn t'a promis de voler à l'Autel :
J'y cours ; mais fouviens-toi, fi ce Ciel me rebute,
Qu'il ne m'eût point haï fans ta funefte chute.

ENFIN, accoutumé à mettre une morale à la fin de
mes ouvrages, je terminois ma Piéce par la Scêne
fuivante :

F iv

SCENE DERNIERE.

ADAM, EVE, THIRZA.

ADAM.

Allons enfevelir ce qui refte d'Abel,

THIRZA.

Hélas !

ADAM.

Confole-toi : fon corps étoit mortel.
Mais, au fein de fon Dieu fon ame réunie,
Goûte à préfent, ma Fille, une nouvelle vie.
(ᵃ) L'ame ne périt point. O race de Caïn,
Tremble qu'à l'avenir, de ce fouffle divin
Dans l'homme ofant nier l'immortelle exiftence,
Tu n'éteignes en lui fa plus chere efpérance.

(ᵃ) « La mort n'attentera pas à nos ames, elle n'a de pouvoir que fur leurs dépouilles ; l'ame furvivra au corps, & fi elle a été vertueufe, des récompenfes éternelles l'attendent...... C'eft fans doute une confolation, une très-grande confolation ». *Poëme de M.* Geffner, *page* 248.

FIN.

LE VŒU

DE JEPHTÉ,

POEME.

AVERTISSEMENT.

Dans le tems que M. *de Mondonville* donnoit au Concert Spirituel des Motets François , il me prit envie de m'exercer dans ce genre. Le Vœu de Jephté se présenta à mon esprit comme un sujet propre à être traité de cette maniere. Je me mis à y travailler ; & ces morceaux n'exigeant pas beaucoup d'étendue , j'eus bientôt composé le Poëme suivant , qui par sa nature m'a paru pouvoir être placé ici.

INTERLOCUTEURS.

JEPHTÉ, *Chef des Hébreux.*

IPHISE, *Fille de Jephté.*

CHŒUR D'HOMMES,
CHŒUR DE FEMMES, } *Peuple d'Ifraël.*

LE VŒU
DE JEPHTÉ,

POEME.

❊❊❊❊❊❊❊❊❊❊❊❊❊❊❊❊❊❊❊❊❊❊❊❊❊❊❊❊❊

CHŒUR D'HOMMES.

Au ferment de Jephté le Seigneur s'eft rendu ;
Il a lancé fon tonnerre.
Nos ennemis couvroient la terre :
Sa main les a frappés, ils ont tous difparu.

JEPHTÉ.

Je tremble d'acquitter ce ferment téméraire :
De noirs preffentimens mon cœur eft agité.
Souvent le Seigneur irrité,
En exauçant nos vœux fignale fa colere.

De fon Peuple choifi ce Dieu tendre eft le Pere.

C'eſt un de ſes Enfans que je vais immoler :
De quel œil verra-t-il couler ,
Le ſang d'une victime à ſes regards ſi chere ?

L E   C H Œ U R.

Rejetez un coupable effroi
Qui peut allumer ſa vengeance.
Tremblez que ce Dieu ne s'offenſe
De vous voir lui manquer de foi.

J E P H T É.

Peuple , ne craignez rien , je lui ſerai fidele.

Nos ennemis troublés ont fui devant ſes yeux ;
Il nous a couverts de ſon aîle :
Peut-on trop acheter une faveur ſi belle ?

Le premier que le ſort conduira dans ces lieux ,
Ainſi je l'ai juré dans l'ardeur de mon zele ,
De ce triomphe glorieux
Rendra par ſon trépas la mémoire éternelle.

C H Œ U R *de femmes éloignées.*

Iphiſe nous appelle :
Suivons , ſuivons ſes pas.
Dieu répand ſes bienfaits ſur elle.
Jephté s'eſt courronné d'une gloire immortelle ,
En ſauvant nos jours du trépas.

Iphife nous appelle :
Suivons , fuivons fes pas.

JEPHTÉ & le premier CHŒUR.

Iphife , ô Ciel !

JEPHTÉ feul.

Quelle victime !
Malheureufe, n'approche pas.

LE PREMIER CHŒUR.

Fuyez , fuyez.

JEPHTÉ.

Mon ferment eft un crime.
Ah ! ma Fille , n'approche pas.

IPHISE.

Je viens célébrer la victoire
Qui par vos mains fignale ce beau jour.
Il eft bien jufte que l'amour
Soit le premier à chanter votre gloire.

JEPHTÉ.

De mes affreux fuccès périffe la mémoire !

Ma Fille..... Un horrible ferment,
Source de cette gloire odieufe & funefte,
Un ferment que mon cœur détefte,

Ordonne que pour prix de ton empreſſement.....

I P H I S E.

O mon Pere, achevez.

J E P H T É.

Ma main te ſacrifie.

LE SECOND CHŒUR.

Iphiſe ! hélas !

I P H I S E.

Le Ciel redemande mes jours ;
C'eſt du Ciel & de vous qu'Iphiſe tient la vie.
Il veut qu'elle me ſoit ravie :
Vous pouvez en trancher le cours.

LE MEME CHŒUR.

Non, Dieu ne veut point voir répandre
Un ſang ſi beau, ſi précieux.
Le Dieu que nous ſervons eſt équitable & tendre :
C'eſt à la ſoif du ſang qu'on connoît les faux Dieux.

I P H I S E.

J'offre au Ciel un cœur pur : je deviendrois coupable,
Si j'oſois l'accuſer d'une injuſte rigueur.
Des décrets d'un Dieu redoutable
Eſt-ce à nous de vouloir percer la profondeur ?

Mon Pere, retenez vos larmes,

Vous ne m'entendrez point murmurer contre vous.
J'affure par ma mort le fuccès de vos armes :
Puis-je éprouver un fort plus doux ?

J E P H T É.

Ciel ! prends pitié de ma foiblesse :
Révoque , Dieu puiffant , un arrêt fi cruel.

LE PREMIER CHŒUR.

Nous plaignons comme vous Iphife & fa jeunesse ;
Mais il faut obéir aux loix de l'Eternel.

J E P H T É.

Faut-il que ma Fille périffe ?

LE MEME CHŒUR.

Nos Femmes , nos Enfans font au Dieu d'Ifraël.

J E P H T É.

Dieu pourra-t-il fouffrir qu'un tel vœu s'accompliffe ?

LE MEME CHŒUR.

Votre infidélité forceroit fa juftice
De nous abandonner à nos fiers ennemis.

J E P H T É.

Faut-il que ma Fille périffe ?

LE MEME CHŒUR.

Le Seigneur autrefois d'un Pere plus foumis

G

Obtint un pareil facrifice.

JEPHTÉ.

Ce Peuple m'apprend mon devoir.
Envers un Dieu vengeur ne foyons point parjure :
 L'obéiffance eft notre unique efpoir.
Ma Fille.... Allons au temple outrager la nature.

  Et vous, Peuple victorieux,
Qui recueillez le fruit d'un ferment que j'abhorre,
  A mon cœur qui balance encore
Priez Dieu qu'il pardonne en ces momens affreux.

LE CHŒUR.

Iphife tend au fer une tête innocente :
Dieu terrible, le fang que Jephté te préfente,
  Doit trouver grace devant toi.

UNE VOIX DU SECOND CHŒUR
dans l'éloignement.

Du Souverain des Cieux la juftice eft contente :
  Jephté vient d'acquitter fa foi.
   (*La Symphonie imite le bruit des vents*
    & du tonnerre).

LE PREMIER CHŒUR.

  O Ciel ! quelle nuit profonde
Dérobe le Soleil à nos yeux effrayés !
  L'air fiffle, la foudre gronde,

La terre tremble fous nos pieds.
Le courroux de Dieu fe déclare.

UNE VOIX DU CHŒUR.

Pour n'avoir ofé le trahir,
Jephté feroit-il un barbare
Qu'il s'apprêteroit à punir ?

LE CHŒUR.

Dieu, dans tes jugemens notre raifon s'égare.
Quel Mortel péfera tes droits ?

Adorons le Seigneur, & refpectons fes loix,

FIN.

APPROBATION.

J'AI lu par ordre de Monseigneur le Vice-Chancelier, *la Mort d'Abel*, Drame en trois Actes, précédé d'une Préface, & suivi du *Vœu de Jephté*, Poëme; & je n'ai rien trouvé dans ces différentes Piéces de profe & de poëfie, qui ne m'ait paru digne de l'impreffion. A Paris ce 9 Mars 1765.

ALBARET.

PRIVILEGE DU ROI.

LOUIS, par la grace de Dieu, Roi de France & de Navarre: A nos amés & féaux Confeillers les Gens tenant nos Cours de Parlement, Maîtres des Requêtes ordinaires de notre Hôtel, Grand-Confeil, Prévôt de Paris, Baillifs, Sénéchaux, leurs Lieutenants Civils, & autres nos Jufticiers qu'il appartiendra, SALUT. Notre amé l'ABBÉ AUBERT Nous a fait expofer qu'il defireroit faire imprimer, & donner au Public un Ouvrage de fa compofition qui a pour titre: *La Mort d'Abel, Drame en trois Actes en Vers*, s'il Nous plaifoit lui accorder nos Lettres de Permiffion pour ce néceffaires. A CES CAUSES, voulant favorablement traiter l'Expofant, Nous lui avons permis & permettons par ces Préfentes, de faire imprimer ledit Ouvrage autant de fois que bon lui femblera, de le faire vendre & débiter par tout notre Royaume pendant le temps de trois années confécutives, à compter du jour de la date des Préfentes. Faifons défenfes à tous Imprimeurs, Libraires & autres perfonnes de quelque qualité & condition qu'elles foient, d'en introduire d'impreffion étrangere dans aucun lieu de notre obéiffance; à la charge que ces Préfentes feront enregiftrées tout au long fur le Regiftre de la Communauté des Imprimeurs & Libraires de Paris dans trois mois de la date d'içelles;

que l'impreſſion dudit Ouvrage ſera faite dans notre Royaume, & non ailleurs, en bon papier & beaux caracteres, conformément à la feuille imprimée, attachée pour modele ſous le contre-ſcel des Préſentes; que l'Impétrant ſe conformera en tout aux Réglements de la Librairie, & notamment à celui du 10 Avril 1725; qu'avant de l'expoſer en vente, le Manuſcrit qui aura ſervi de copie à l'impreſſion dudit Ouvrage, ſera remis dans le même état, où l'Approbation y aura été donnée ès mains de notre très-cher & féal Chevalier Chancelier de France le Sieur DE LAMOIGNON, & qu'il ſera enſuite remis deux exemplaires dans notre Bibliothéque publique, un dans celle de notre Château du Louvre, un dans celle dudit Sieur DE LAMOIGNON, & un dans celle de notre très-cher & féal Chevalier, Vice-Chancelier & Garde des ſceaux de France le Sieur DE MAUPEOU: le tout à peine de nullité des Préſentes; du contenu deſquelles vous mandons & enjoignons de faire jouir ledit Expoſant & ſes ayans cauſes pleinement & paiſiblement, ſans ſouffrir qu'il leur ſoit fait aucun trouble ou empêchement. Voulons qu'à la copie des Préſentes, qui ſera imprimée tout au long au commencement ou à la fin dudit Ouvrage, foi ſoit ajoutée comme à l'original; commandons au premier notre Huiſſier ou Sergent ſur ce requis de faire pour l'exécution d'icelles tous Actes requis & néceſſaires, ſans demander autre permiſſion, & nonobſtant clameur de Haro, Charte Normande, & Lettres à ce contraire. CAR tel eſt notre plaiſir. DONNÉ à Paris le premier jour du mois de Juillet l'an de grace mil ſept cent ſoixante-cinq, & de notre Regne le cinquantieme. Par le Roi en ſon Conſeil.

Signé, LE BEGUE.

Regiſtré ſur le Regiſtre XVI de la Chambre Royale & Syndicale des Libraires & Imprimeurs de Paris, num. 529, fol. 329, conformément au Réglement de 1723, qui fait défenſes, art. 41, à toutes perſonnes de quelque qualité & condition qu'elles ſoient, autres que les Libraires & Imprimeurs, de vendre, débiter, faire afficher aucuns Livres pour les vendre en leurs noms, ſoit qu'ils s'en diſent les Auteurs ou autrement; & à la charge de fournir à la ſuſdite Chambre neuf exemplaires preſcrits par l'article 108 du même Réglement. A Paris ce 9 Juillet 1765. LE BRETON, Syndic.

Je fouffigné reconnois avoir tranfporté & cédé le préfent Privilege au fieur D u c h e s n e, Libraire, pour qu'il en jouiffe lui & les fiens, comme une chofe à lui appartenante, fuivant les conventions faites en-tre nous. A Paris ce premier Juin 1765.

AUBERT.

Le même Libraire débite les Nouvelles Fables, par M. l'Abbé A u b e r t, vol. in-12.   .   2 l. 10 f.

De l'Imprimerie de H. L. Guerin & L. F. Delatour. 1765.

www.ingramcontent.com/pod-product-compliance
Lightning Source LLC
Chambersburg PA
CBHW060831250626
47162CB00005B/2022